ON RÊVE TOUS DE L'IMPOSSIBLE

CATHERINE NEWMAN

ON RÊVE TOUS DE L'IMPOSSIBLE

Traduit de l'anglais (États-Unis)
par Aline Azoulay-Pacvoň

Robert Laffont

Titre original : WE ALL WANT IMPOSSIBLE THINGS

ISBN 978-2-221-26028-9
(édition originale : ISBN 978-0-06-323089-7, HARPER an imprint of HarperCollinsPublishers, New York)

Dépôt légal : mars 2025

Éditions Robert Laffont – 92, avenue de France, 75013 Paris
serviceclients@lisez.com

Ce livre est une œuvre de fiction. Les noms, les personnages, les lieux et les événements mentionnés sont soit les produits de l'imagination de l'auteure, soit passés par le filtre de la fiction et ne doivent pas être reçus comme la représentation de la réalité. Toute ressemblance avec des événements, des lieux, des organisations et des personnes, vivantes ou décédées, serait le pur fruit du hasard.

Pour Ali Pomeroy (1968-2015),
l'étoile la plus scintillante, tant regrettée.

Et février fut si long qu'il mordit sur mars.

Dar Williams, « February »

Prologue

— Edi. Tu dors ?

Je chuchote, même si le but est de la réveiller. Ses paupières sont bleues et ses lèvres, pâles et gercées, mais elle est toujours belle à croquer. Ses épais cheveux bruns ont repoussé.

Je murmure :

— Réveille-toi ma petite mésange.

Elle ne bouge pas.

Je lance un regard à Jude, son mari, qui hausse les épaules et passe la main sur son visage épuisé.

— Edichka, dis-je à la mode slave, un brin plus fort.

Elle ouvre les yeux, les referme avec une grimace, les rouvre et les fixe sur moi.

— Coucou, mon ange. Qu'y a-t-il ?

Je lui retourne son sourire.

— Oh, rien. (*Un mensonge.*) Jude et moi faisons des projets pour toi.

— Des projets comme me rapporter du banh mi de ce restau qui fait un fabuleux banh mi ? Je suis affamée.

Elle frotte la chemise d'hôpital au niveau de son estomac.

— Non. Pas affamée. Je n'ai même pas faim, en réalité. Je crois que j'ai juste envie de goûter à un plat savoureux.

Elle essaie de se redresser sur ses oreillers, puis se souvient de la télécommande et le haut du matelas s'élève avec un petit ronronnement qui serait sur ma cassette des bruits de l'hôpital Sloan Kettering si je décidais un jour d'en enregistrer une. Avec le grognement de didgeridoo du gars de la chambre voisine. Et la voix pétillante de l'aide-soignante – « Voilà tout ce que le docteur vous a prescrit ! » – même lorsque ses plateaux sont chargés de « liquides » à l'aspect étrangement morbide, comme le café jaunâtre ou le Jell-O sans sucre.

— On peut certainement te trouver du banh mi…

Jude soupire et approche une chaise du lit.

— Fantastique, répond Edi.

Elle tire un menu du tiroir de sa table de nuit qui en est rempli.

— Avec un extra mayo piquante. Et sans daïkon.

— Edi. Je t'aime à la folie depuis quarante-deux ans, et tu t'imagines que je pourrais du jour au lendemain oublier ta répulsion pour les radis ?

Elle bat des cils, un sourire adorateur aux lèvres.

— Attends, dis-je. Un *extra* de mayo piquante ? Ou de la mayo *extra-piquante* ?

— Quoi ?

— Edi… commence Jude à cet instant.

Elle se tourne vers lui et répète :

— Quoi ?

J'ai déjà les larmes aux yeux.

— Merde. Non, non, les gars, dit-elle en se tordant les mains. Je ne suis pas prête pour ça. Quoi que ça puisse être… Qu'est-ce que c'est ?

Voilà ce que c'est : dans le couloir, tout à l'heure, Jude a demandé à l'infirmière où en était le traitement d'Edi.

— Elle n'est pas censée avoir sa transfusion, aujourd'hui ?

— Oh, non ! C'est terminé, ça, a-t-elle répondu d'une voix enjouée.

Et, apparemment, c'était vraiment terminé, *ça*. Personne ne nous avait prévenus que la décision avait été prise. C'était comme si c'était arrivé en coulisses. Comme lorsque vous commandez un burger, qu'une décision est prise en cuisine et que le serveur vous annonce : « Nous n'avons plus de burgers. Il ne nous reste que cette assiette de pas-de-burger avec sa garniture de morphine et de chagrin. »

Ellen, l'assistante sociale, nous a invités dans son bureau pour nous expliquer comment *profiter au mieux des jours restants*, ne nous laissant aucun doute sur le fait que nous allions devoir en profiter *ailleurs*. Nous n'étions pas certains de bien comprendre.

— Je ne suis pas sûre de comprendre, ai-je dit.

Hochant lentement la tête avec un sourire compatissant, Ellen nous a tendu une brochure intitulée

« Bien vivre l'étape suivante ». Il y était question d'unités spécialisées. De soins palliatifs.

— Mais c'est le *pire* moyen de profiter des jours restants, ai-je rétorqué – rien n'étant assez évident pour que je m'abstienne de le mentionner, semblait-il.

Ellen m'a tendu une boîte de mouchoirs en papier.

— Je sais que ce n'est sans doute pas votre faute, mais je crois que je suis en colère après vous, ai-je marmonné.

Elle a souri.

— Je vous assure que je peux comprendre ça.

Elle m'a aussitôt inspiré de la sympathie.

Ellen nous a aidés à réfléchir au moyen de procéder. À sept ans seulement, Dashiell, le fils d'Edi et de Jude, avait déjà passé trois années de vie avec une mère malade. Ellen se demandait si les soins palliatifs à domicile ne seraient pas une option traumatisante pour l'enfant, si une hospitalisation en unité ne serait pas un choix plus judicieux, considérant la probabilité d'une fin de vie rapide et pénible. Cela ne nous a pas paru déraisonnable. La dernière visite de Dash à l'hôpital avait tourné au désastre : Edi s'était mise à saigner du nez quand elle s'était penchée pour l'embrasser, ce qui avait terrifié son fils. C'était un saignement bénin, mais étant déjà éprouvé, Dash avait été ébranlé. Littéralement.

— Il faudra sans doute vous organiser afin qu'il lui dise au revoir. Le plus tôt serait le mieux. Afin qu'il ne redoute pas en permanence la perspective de cette séparation.

— De cette séparation ? avais-je répété.

L'inévitabilité de la mort d'Edi était comme une sorte de parchemin froissé dans mon esprit, que je devais sans cesse déchiffrer.

— Oh, pardon. Je comprends.

Nous avons contacté les unités recommandées par le bureau d'accueil de l'hôpital, mais elles avaient toutes une liste d'attente.

— Une liste d'attente ? s'est étonné Jude. Tu penses qu'ils comprennent bien le principe des soins palliatifs ?

Nous nous sommes représenté le responsable d'un service des admissions appelant les clients en attente, un crayon à la main pour rayer les noms de la liste, les uns après les autres : « Ah, je vois. Une prochaine fois, peut-être ? »

— Elle quitte Sloan Kettering demain midi, a insisté Jude, me tendant la cigarette que nous partagions.

Nous n'étions pas les seuls visiteurs en blouson fourré piétinant devant le célèbre hôpital pour cancéreux, vidant nos poumons ridiculement sains dans l'air frais de janvier, et exhalant des petits nuages de fumée qui auraient pu s'assembler pour former les mots : *Quel fichu merdier.*

— Il y a une unité près de chez nous, ai-je déclaré.

Jude m'a dévisagée l'espace de quelques battements de cœur, les yeux plissés.

Je vis dans l'ouest du Massachusetts.

Il a écrasé le mégot de notre cigarette sous son talon, puis l'a ramassé pour l'envoyer dans une corbeille.

— Elle est bien. J'y suis déjà allée. Pour rendre visite à des résidents. Ça ressemble à une maison normale.

— Et ?

Et quoi ?

— Je ne sais pas, ai-je avoué. Ça te paraît dingue ? L'idée de l'amener là-bas ? Parce qu'ils lui donnent une ou deux semaines. Peut-être moins, même.

— Et qu'est-ce qu'on va faire là-bas ? Je n'ai vraiment pas envie que Dash manque l'école.

— Ouais, je sais. Il ne faut pas.

— Et je ne peux pas l'abandonner non plus. Pas maintenant.

— Je sais.

Mes cheveux s'étaient pris dans la fermeture de mon blouson quand je l'avais remontée, je ne m'étais pas donné la peine de les libérer. Je ressentais des picotements dans les yeux. À cause de la fumée et du froid. Et aussi parce que je pleurais, apparemment.

— Je ne comprends pas ce que tu essaies de me dire, Ash.

— Je sais. Sans doute parce que je ne suis pas sûre de ce que j'essaie de te dire non plus.

— Tu penses que Dash et moi devrions lui dire au revoir *ici* ?

— Je ne sais pas. Tu penses que vous pourriez ?

— Je ne sais pas. Tu étais présente à notre *mariage*, Ash : jusqu'à ce que la mort nous sépare. Je ne peux pas imaginer la quitter maintenant. Qu'est-ce que je vaudrais si je faisais une telle chose ?

— Jude...

J'avais posé mon front contre le sien.

— Ce ne serait pas la quitter. Ce serait épargner votre enfant. Son enfant. Tu as été merveilleux « dans la douleur et dans la joie ». Ce serait comme si...

Comme si quoi ?

— ... Comme si on lui disait au revoir en plusieurs étapes. En se relayant.

— C'est un peu ton rêve, hein ? De l'avoir pour toi toute seule, a-t-il plaisanté.

— Tout juste ! Et c'est pas trop tôt !

— Tu pourras enfin être son chevalier blanc en armure.

Son rire n'était pas exempt de gentillesse.

Est-ce qu'il a de l'affection pour moi ? Oui. Est-ce que je le rends dingue ? Certainement.

Il avait raison, je me sentais loin de tout en Nouvelle-Angleterre, j'avais beau avoir une vie plutôt heureuse, New York et les personnes avec lesquelles j'avais grandi me manquaient, et je regrettais de ne pas habiter plus près d'Edi. Surtout à présent que mes filles étaient quasi adultes et que, selon toute vraisemblance, mon mari m'avait quittée. C'était le moment idéal de ma vie pour ça, le moment parfait pour me consacrer à Edi. Pas *parfait* au sens habituel du terme, cela va de soi.

« Tu m'as toujours accusée d'être une opportuniste », avais-je dit à Jude, qui avait répondu : « Juste. »

Nous avons pleuré, serrés dans une étreinte rembourrée de plumes. Puis Jude a sorti un flacon de désinfectant à la lavande de la poche de sa parka, il m'a fait signe de tendre les mains, en a pulvérisé un peu dessus, puis s'en est aspergé généreusement, s'en éclaboussant les cheveux pour faire bonne mesure. J'ai lâché deux Tic Tac dans sa paume, en ai gobé autant, et nous sommes repassés par la porte tambour dans un nuage de lavande et de menthe pour aller réveiller Edi, lui exposer un projet auquel nous n'avions pas fini de réfléchir, et lui poser la pire question qu'on pouvait lui poser.

1.

J'ai au moins la décence de ne pas coucher avec le musicothérapeute de l'unité de soins palliatifs.

Cedar. Il a vingt ans, vingt-cinq tout au plus, et la voix d'un ange qui aurait avalé un sac de gravier. L'étui de sa guitare est couvert d'autocollants : un smiley, un crâne, Drake, Joni Mitchell.

— Quand vous serez célèbre, je dirai à tout le monde que je vous connais ! me suis-je exclamée un jour, mal avisée.

Il a secoué la tête, son front enfantin plissé par la détresse.

— Non, non. Je suis bien ici. Je fais le métier que j'ai choisi.

— Bien sûr ! me suis-je empressée de reprendre. Et il vous va comme un gant.

— Ouais. Même s'il m'arrive de rêver qu'une personne me demande une chanson, et que le temps que je réponde : « Ah, je ne la connais pas, celle-là. Attendez une seconde que je jette un œil à mon téléphone », cherchant « Luck Be a Lady » ou je ne sais quoi d'autre sur Internet, il est trop tard : la personne est morte.

— Ah, merde.

— N'est-ce pas ?

Assis au pied du lit, il gratte les premiers accords d'un truc des Beatles. « Across the Universe ».

Edi a les yeux fermés mais elle sourit. Une part d'elle est éveillée.

— Cedar ?

— Salut Edi.

Il lui caresse la joue et continue à gratter et à fredonner les paroles qui lui échappent.

Mon cœur se gonfle de douleur et se vide au rythme de ma respiration.

Cela fait trois semaines que nous sommes là. Enfin, qu'*Edi* est entrée à l'unité de soins palliatifs Le Berger Gracieux. Trois semaines, c'est beaucoup par ici. Et pourtant, les jours filent dans un lieu comme celui-ci. Mais pas à toute vitesse. Au ralenti. Comme sous l'effet d'une distorsion temporelle. Comme lorsqu'on vit avec un nouveau-né : c'est l'heure du petit-déjeuner, tout n'est que lait et soleil, et *bam*, on se retrouve coincé dans le cycle infernal de l'allaitement et des *langes souillés* à changer. Et quand le lendemain finit par arriver, vous lancez : « Qui veut prendre son petit-déjeuner ?! » Seulement, *personne* ne veut prendre son petit-déjeuner. En dehors d'Edi.

— Vous voulez bien me faire du pain perdu ? a-t-elle demandé à Olga, ce matin.

Et l'adorable infirmière ukrainienne a répondu :

— Biène sourr.

Quand Edi a été admise à l'unité, on estimait que sa *résidence* durerait une semaine ou deux.

— Pour nous, ce n'est pas un lieu où l'on vient mourir, avait déclaré le responsable du bureau des admissions avec une bonne humeur prudente. Pour nous, c'est un lieu où l'on vient *vivre.*

— Vivre *à mort*, avait soufflé Edi.

Ce qui n'avait pas manqué de me faire rire.

Gracieuse est le surnom que nous donnons à l'unité – « Je te retrouve à Gracieuse à telle heure. » La première fois que nous lui avons parlé de l'unité de soins palliatifs Le Berger Gracieux, Edi, qui commençait à somnoler, s'était représenté une jolie bergère des temps anciens.

— Tu sais, ces paysannes avec leurs robes à lacets ?

J'avais mis un petit moment à comprendre.

— Oh, oui, je vois !

C'est compliqué de vivre dans un endroit où vous êtes officiellement censé attendre votre mort.

— C'est ce que je fais ici, pas vrai ? se rappelle-t-elle régulièrement, ainsi qu'on est voué à se le rappeler régulièrement dans une unité de soins palliatifs.

Je hausse les épaules. *Qui sait ?*

Elle aime commencer ses phrases par : « S'il devait m'arriver quelque chose… » quand elle parle de Dash, de Jude, de ses journaux intimes, ou de ses bijoux… Et j'aime lui répondre : « Qu'est-ce qui pourrait bien t'arriver ? » Elle sourit et rétorque : « Je sais, c'est bête. Mais juste au cas où. »

Et lorsque le médecin de l'unité fait sa tournée – un homme massif et séduisant que nous surnommons Dr Soprano parce qu'il ressemble à James Gandolfini –, il lui arrive de lancer : « Alors, je sors quand à votre avis ? »

À chaque fois, il a l'air de se demander si c'est du lard ou du cochon – sans doute parce que ce n'est ni l'un ni l'autre. « Bonne question », répond-il, avec une expression impassible, subtilisant un carré de son chocolat préféré dans la réserve de sucreries d'Edi. « Vous permettez ? » demande-t-il, après coup. Puis il rétorque : « Si quelqu'un mérite de sortir d'ici, Edi, c'est bien vous. »

Ce qui, en réalité, ne veut pas dire grand-chose dans le coin. La moyenne d'âge des autres patients est d'environ cent cinquante ans. Certains sont si vieux, leurs corps, si usés et fatigués, que lorsque vous leur lancez un « bonjour » du couloir, il est impossible de savoir s'ils sont bien dans leurs lits. Ils sont presque plats. On dirait des poupées de chiffon avec des touffes de coton collées au sommet de la tête. On s'attendrait presque à voir des spectres s'élever de leurs corps décharnés, comme dans les dessins animés. L'une de ces personnes aime bien que j'entre pour lui tenir la main un moment. Elle me tend une boîte de pastilles au citron et s'exclame : « Le bus scolaire vient de vous déposer ? » Et je réponds : « Exact, Ruth ! Tout juste descendue du bus, me voilà dans votre chambre. » Quelle écolière je ferais à quarante-cinq ans, avec mes poches sous les yeux, mes fasciites plantaires et mes seins en forme de gants de toilette. Rien de tel qu'une unité de soins palliatifs pour vous rappeler que la décrépitude est une notion très relative.

« Je crois que je suis légèrement *sénile* », m'a-t-elle murmuré un jour, la mine contrite. « Oh, ne vous excusez pas, ai-je rétorqué, moi aussi ! »

Ruth, qui est ici depuis plus d'un an, est un modèle pour Edi, bien qu'elle n'en ait jamais parlé. Ruth regarde *Un violon sur le toit*[1] tous les après-midi, et même certains soirs, le volume poussé à fond. C'est la bande-son des derniers instants des résidents, ici. Vous aidez quelqu'un à passer ses bas de contention ou des sous-vêtements au son de *Matchmaker* – la marieuse. Vous consolez les sanglots d'une autre personne pendant que Tevye jodle « If I Were a Rich Man » – Si j'étais un homme riche. Et vous écoutez « Sunrise, Sunset » – Levant, couchant –, riant et pleurant à la fois, parce qu'il y a un étron par terre et que vous vous demandez s'il est humain ou s'il a été déposé là par l'un des chiens des résidents.

En ce moment, c'est l'*Ouverture* qui résonne dans toute la maison, ainsi que les cris et les applaudissements ravis de Ruth.

— Le devoir m'appelle, déclare Cedar.

1. *Fiddler on a roof* est une comédie musicale écrite par Jerry Roof et inspirée d'un conte de Sholem Aleichem intitulé *Tervye et ses filles*, qui raconte l'histoire d'une communauté juive vivant dans un petit village de la Russie impériale du début du XXe siècle. Il est ici question de sa première adaptation pour le cinéma par Normal Jewison en 1971. Les titres cités en italiques (*Ouverture, Traditions, Marieuses*, etc…) sont ceux des chansons qui intercalent le récit. (*N.d.T.*).

Il range sa guitare dans son étui, dépose un baiser sur la joue d'Edi, puis la mienne, et referme doucement la porte derrière lui.

— Oh, mon Dieu, Ash, soupire mon amie, les yeux toujours fermés. Ne me dis pas que tu couches avec Cedar.

— Edi ! Je t'en prie. Je ne les prends pas au tombeau.

Elle rit.

— Tu veux dire au *berceau.*

Je me tape le front.

— Aïe... Oui, désolée.

Il y a beaucoup de moments gênants ici. Quand on lance, par exemple, sans réfléchir : « Je meurs d'envie de reprendre de la glace. »

— Mais il est très mignon. Il pourrait être joué par Timothée Chalamet dans un film.

Elle dresse un index menaçant.

— Pas question.

— Sérieusement, aucun risque.

— Hé, je plaisante.

Elle n'a toujours pas ouvert les yeux.

— Chou va passer dans un petit moment. J'espère que ça ne te gêne pas. Il va me déposer des trucs.

C'est mon ex-mari. Ou il le serait si nous n'étions pas trop mesquins et paresseux pour entamer une procédure de divorce. Les *trucs* qu'il va m'apporter sont pour Edi et proviennent du dispensaire de la ville dont il est le propriétaire. Enfin, dont *nous* sommes les propriétaires, en réalité.

— Même si je pourrais le voir à la maison, puisqu'il est pratiquement revenu y vivre. Il devrait y passer ce soir pour voir Jonah.

— Quoi ? Jonah est encore ici ?

— Euh, tu veux dire ici *ici* ?

Je ne suis pas toujours certaine qu'elle comprenne tout.

— Il n'est pas dans la chambre, non, lui dis-je.

Elle ouvre les yeux.

— Je sais. Je veux dire ici, en ville.

Son frère vient de New York chaque week-end. En général, il repart avant le lundi, mais il a prolongé son séjour de deux jours, cette semaine. Il télétravaille de chez moi pour pouvoir faire quelques sauts de plus à Gracieuse.

— Oui. Il est passé ce matin. Mais tu devais être dans les vapes, avec les médocs.

Elle secoue la tête, contrariée. Elle n'en garde aucun souvenir.

— Putainnn, c'est la meerrde.

Son esprit est devenu une sorte de pilier de comptoir : il ressasse ses pensées et ses souvenirs, sachant que c'est la dernière tournée, que l'heure de la fermeture a sonné, qu'il n'a aucun endroit où aller mais ne peut pas non plus rester ici. Je démêle les tubes et les fils qui l'entravent, les pends au support, derrière son lit et me couche à côté d'elle. Quelques larmes roulent sur ses joues. J'en cueille une et la pose sur ma lèvre.

— Oui, c'est la merde.

— La merde totale.

2.

Jonah et moi avons repris notre éternelle conversation sur les inventions qui pourraient sauver la vie d'Edi. On entend souvent parler de victimes du cancer, et on accepte cette fatalité sans trop se poser de questions. En tout cas, avant Edi, je ne m'étais jamais demandé *de quoi* mouraient *précisément* ces gens. Parce que, ce n'est pas une abstraction qui les tue – le mot *cancer*, ou la réalité du cancer, ne se jette pas sur eux en jodlant une machette à la main. C'est un processus de destruction méthodique de leur corps. D'organes et de fonctions vitales particuliers.

Comme la plupart des personnes atteintes du cancer des ovaires, Edi mourra – *si* elle meurt ! – quand ses intestins cesseront de fonctionner. Ce qui finira par la tuer, ce sont (*spoiler alert*) des troubles catastrophiques tels que l'obstruction intestinale, la malabsorption, le déséquilibre électrolytique, les insuffisances rénale et hépatique.

— Ça ne devrait pas être plus compliqué que de réparer une pompe endommagée, me dit Jonah.

Franchement, je ne comprends même pas qu'ils n'aient pas déjà une application pour ça !

— Il faudrait en parler à ces gamins futés du MIT. Tu penses que je pourrais leur envoyer un e-mail ? Du genre : « Défi à relever ! Inventez un pacemaker, mais pour les intestins ! Récompense : carte de Bubble Tea cadeau ! »

— Ouais. Tu pourrais le dire à Jules.

Jules est ma fille aînée. Étudiante ingénieure futée de première année au MIT.

— Seulement, ça risque de lui mettre pas mal de pression sur les épaules, ajoute-t-il.

Je soupire.

— Juste.

Jonah, l'un des êtres les moins portés à se lamenter que je connaisse, soupire à son tour, par pure gentillesse envers moi, et roule sur le dos.

— Edi va nous tuer, souffle-t-il, comme lorsque nous étions ados et que sa sœur risquait de nous surprendre, nus, dans son lit.

Et, comme à l'époque, je lui réponds :

— Pas si elle ne le découvre jamais.

Jelly, l'un de mes chats, grimpe sur le torse de Jonah et approche son museau de ses yeux sans ciller.

— Il m'a regardé de travers tout à l'heure.

— Ouais. Je ne pense pas qu'il ait adoré tes gémissements. S'il avait pu, il t'aurait jeté du lit.

Quelqu'un tourne le bouton de la porte. Nous plongeons sous les couvertures jusqu'au menton, faisant bondir le chat par terre, au moment où Belle, ma fille de dix-sept ans, apparaît à l'entrée de la chambre. Elle s'arrête net.

— Oh, mon Dieu, maman, tu as vraiment besoin d'être aussi indécente ? Euh, sans vouloir t'offenser, Jonah.

— Pas de souci, répond ce dernier.

Je proteste :

— C'est du sexisme !

— OK, pardon.

Et elle me tend un papier à signer pour l'école. Je m'assois, le drap serré autour de mes seins pathétiques, pour ne pas la déprimer davantage.

— Tu n'as pas déjà visité la station d'épuration des eaux usées quand tu étais en sixième ?

Elle hausse les épaules.

— Ce sera sympa de faire une sieste dans l'autocar.

Elle m'arrache la feuille des mains, attrape Jelly et ressort en criant :

— Dîner dans vingt minutes ! Enchiladas. N'oublie pas que papa sera là. Tu pourrais peut-être fermer cette putain de porte.

Je lance : « Merciii ! », adressant une grimace à Jonah.

— Embarrassant, commente-t-il.

— Très. Tu penses que je suis une mauvaise mère ?

Il roule sur le flanc et sourit.

— Peut-être.

Des bruits de vaisselle secouée arrivent de la cuisine. Difficile à dire si c'est l'inévitable fracas de la passoire contre l'évier, ou si Belle s'acharne volontairement dessus en ruminant : *Ma mère est un vieux boudin indécent.* Mais ma chambre mansardée est très cosy et les effluves de cumin qui la traversent bientôt ne tardent pas à me consoler.

— Bah, tant pis, dis-je.

Mon amitié avec Jonah est aussi ancienne que mon amitié avec Edi, qui est née à la maternelle, quand on nous avait toutes deux assignées à l'arrosage de Vinnie, la dionée attrape-mouche de la classe. Nous lui donnions des morceaux de mortadelle de nos sandwiches lui chantant une chanson du folklore juif – « Dona, Dona » – avec tant d'émotion que nous fondions en larmes. Les pièges remplis de viande avaient fini par noircir, puis tomber, et un matin, en arrivant en classe, nous avions découvert que Vinnie avait disparu. Un arbre de jade avait pris sa place sur le rebord de la fenêtre. « Juste de l'eau pour celle-là », avait insisté notre gentille institutrice. J'étais déjà allée chez Edi à plusieurs reprises, alors. J'avais fait la connaissance de Zeus, son berger allemand tapageur, et de son frère aîné. Et j'étais déjà amoureuse de toute la famille.

J'étais contente d'hériter d'un grand frère en plus d'une meilleure amie – je vous assure qu'on a eu de longues années chastes avant de jeter notre fraternité aux orties. On était Puissance 4 et *L'Île aux naufragés* à fond. Et on était à fond pizza, hot-dogs à cinquante cents, Jelly Beans et cartes à échanger avec leur odeur de bubble-gum. Je n'envisageais pas du tout la possibilité de sortir avec Jonah. Non, c'est faux ! J'ai toujours eu un énorme béguin pour lui, et Edi me jetait suffisamment d'œillades sceptiques pour suggérer qu'elle le savait. Mais nous formions un joyeux trio, et grâce au bon vieux précepte *Ne pose pas de questions, ne donne pas d'explications,* l'équilibre s'est maintenu pendant des décennies.

Jonah n'a plus ses cheveux noirs, mais les derniers rayons du soleil soulignent la nuance auburn de ses épais sourcils.

J'en caresse un du bout du doigt. Il l'arque de manière suggestive.

— Tu aimes ? flirte-t-il.

Il se redresse et s'étire.

— C'est dur pour ce vieux corps de passer du temps avec toi, dit-il, rassemblant ses vêtements élégants.

Il travaille dans la finance. Il gère un fonds de couverture. Je ne me suis jamais donné la peine de lui demander en quoi ça consiste. Voler les pauvres, j'imagine. Je me le suis toujours représenté fourrant une couverture de dollars comme on garnit des oreillers.

— C'est exactement ça, me confirme-t-il quand je le lui dis.

Puis, désignant son pull en cachemire gris et son jean de marque, il ajoute :

— Tout ça pourrait être à toi, un jour.

J'enfile le sweat-shirt à capuche Mon Petit Poney que j'ai volé à Belle.

— Un jour très prochain, puisque j'ai la ferme intention de les subtiliser avant ton départ.

Ma fille confectionne une de ses fameuses salades à en juger par la quantité de légumes alignés sur sa planche à découper.

— La laitue n'est pas adaptée à l'hiver de Nouvelle-Angleterre, explique-t-elle d'un ton docte, détaillant des radis géants, des rutabagas et des navets, avant de les assaisonner avec du citron et de la ciboulette pour les rendre étonnamment succulents.

— J'ai l'impression qu'il n'y a pas grand-chose à faire à part allumer des bougies ?

Elle me propose de mettre quelques cuillerées de crème aigre dans un bol, de laver et de ciseler une poignée de coriandre et de réchauffer quatre assiettes au micro-ondes. Je m'exécute aussitôt. La fenêtre de la cuisine diffuse sur la table une lueur rose argenté qui contraste avec le ciel bleu marine. Je le fais remarquer à Belle.

— Je t'en prie, maman, soupire-t-elle, remuant les tubercules dans un énorme saladier en bois, épargne-nous ton énième : « Regardez, les jours commencent à rallonger » de la semaine. Oui, on est en février et les jours rallongent.

— Pardon d'être de bonne humeur.

Elle m'écarte d'un revers de la main, prend des maniques et sort les enchiladas du four. Elles sentent si bon que je meurs littéralement d'envie d'y goûter. (Non, je ne meurs *littéralement pas* !) Je m'aperçois que je n'ai rien mangé de la journée.

Je dépose un baiser sur sa tempe bordée de frisettes brunes.

— Tu es une fille parfaite.

Elle s'échappe en souriant.

— Merci.

Belle a hérité le talent de cuisinier de son père. C'était lui qui s'occupait des repas, ici, avant notre séparation. Il s'en occupe encore, de temps à autre, mais il n'est plus à la tête de la petite entreprise de restauration à emporter qu'il a gérée durant presque tout notre mariage. En plus de nous nourrir, cette activité me permettait de faire du covoiturage au volant d'une camionnette imprimée du slogan UNE CUISINE D'ENFER en grandes lettres flamboyantes (troqué plus tard contre le plus amical : DIABLEMENT BON). La plupart de nos repas étaient constitués de restes de banquets de mariage ou de bat-mitsvah.

Les filles ont grandi en s'imaginant que ces hors-d'œuvre sophistiqués étaient des plats ordinaires. « Qu'est-ce que c'est que ce truc ? » avait demandé un camarade de maternelle à Jules, un jour, en découvrant le contenu étrange de sa lunch box. Aux dires de l'institutrice, sa fille avait répondu : « Des champignons de Paris farcis. » « Farcis avec *quoi* ? » avait questionné l'enfant. Jules avait alors sorti un champignon pour mieux l'observer et déclaré : « Foccacia au romarin ? » Le mantra de Chou, à l'époque, était : « Des endives, encore des endives, toujours des endives », et les enfants plongeaient les feuilles jaunes amères dans de la mousse de truite, ou du fromage de chèvre piqué de canneberges, parce que c'était tout ce qu'il y avait à la maison. Au goûter, elles plantaient des cure-dents dans des noix de Saint-Jacques fumées qu'elles trempaient dans de l'aïoli au raifort et les dégustaient avec des *miam* extasiés. Pour ce qui était des repas, nous avions de la chance. Peut-être que nous avions de la chance tout court.

Jonah descend l'escalier en chaussettes au moment où Chou entre par la porte de la cuisine, suivi d'un courant d'air froid.

— J'ai trouvé ça sur ton perron, dit-il, me tendant un colis.

C'est le pichet en métal que j'ai commandé pour Edi. Elle a toujours si soif, et je suis trop fainéante pour aller remplir sa tasse à la cuisine aussi souvent qu'il le faudrait. Une feuille de papier imprimée des mots INSTRUCTIONS DE MONTAGE se détache du carton et atterrit par terre. Je la ramasse tandis que Jonah et Chou échangent une accolade, et que Belle s'approche pour jeter un œil par-dessus mon épaule. Les instructions se résument à une illustration du pichet et une flèche désignant ledit pichet. Elle éclate de rire.

— C'est tellement *queer* !

Ce mot qu'elle emploie en général pour qualifier sa sexualité semble désormais être son exclamation préférée. Elle fixe le papier sur le frigo avec un aimant, met Indigo Girls sur Spotify et nous pousse tous vers la table.

Les enchiladas rouge foncé sentent délicieusement bon les épices, et du fromage fondu enveloppe les haricots pintos qu'elle a fait revenir avec des feuilles de laurier et de l'oignon.

— C'est magnifique, dis-je.

Jonah et Chou approuvent.

J'aime tellement les personnes assises autour de cette table, le plat est si délicieux, Edi est si malade, et Jules me manque tellement – même si elle n'est qu'à une heure et demie d'ici. Et les journées s'allongent ! Et mon pauvre mariage ! Le vin rouge, la lueur de la bougie, « Galileo » qui s'élève du haut-parleur. J'ai les larmes aux yeux.

— J'ai les larmes aux yeux, dis-je.

Ils acquiescent tous. Ils savent que je vais pleurer et ça ne surprend personne.

— Ça va, maman.

Belle me tapote le bras, comme une mère collerait un pansement sur un bobo presque invisible pour apaiser les larmes de son enfant. Je ris.

Chou nous donne les dernières nouvelles d'Edi. C'est devenu une habitude chez nous : la personne qui l'a vue en dernier fait un rapport aux autres. Il ne s'est pas passé grand-chose en l'occurrence. Elle avait l'air fatiguée, fait-il remarquer de manière superfétatoire. Elle voulait s'asseoir sur la chaise, près de la fenêtre, mais faire basculer ses jambes au bas du lit lui a demandé un tel effort qu'elle s'est rallongée aussitôt. Elle a mangé un petit peu de ce minestrone qu'Olga appelle du *bortsch aux vermicelles.* Ils ont regardé la soupe passer dans le tube de la gastrotomie, qui draine le contenu de son estomac pour qu'elle ne vomisse pas. (Regarder ce tube revient un peu à visionner *Seuls et tout nus*, aime plaisanter Jonah.) Ils ont changé le cathéter de sa perfusion. Elle a mangé quelques bonbons oursons. Elle a parlé à Dash et Jude, et pleuré après avoir dit au revoir à son fils. Elle dormait quand il est parti.

— Désolée, chérie, dit Chou à Belle.

J'éprouve le même sentiment de culpabilité : c'est beaucoup demander à une adolescente que d'écouter ces conversations à la fois ennuyeuses et extrêmement tristes. J'imagine que c'est un peu comme d'écouter un joueur de golf vous raconter une partie dont il a rêvé au son du *Requiem* de Mozart.

— Je t'en prie. Tu voudrais qu'on parle de quoi ? Des porcs-épics qui mangent le maïs à même les épis ? Il n'y a aucun problème. Enfin, je veux dire, *si*, il y en a clairement un.

Jonah se lève et enfile ses belles bottines d'hiver. Il veut faire un saut à Gracieuse. Je débarrasse la table pendant que Belle met les restes d'enchiladas dans un Tupperware.

— Emporte-les à Edi, tu veux ? demande-t-elle à Jonah.

— Merci, elle va adorer ça.

Chou demande à Belle si elle veut faire un jeu avant qu'il parte.

— Ligretto ? Yahtzee ? Osselets ?

— Non merci, papa. Je devrais plutôt aller faire mes devoirs d'algèbre.

Elle l'embrasse et disparaît à l'étage. Elle est toujours très tendre avec Chou, ce que j'apprécie. D'une certaine manière, je trouve logique qu'elle me réserve ses coups de griffes et ses accès de furie.

Les cobras venimeux, les citrouilles de Halloween pourries et les invités de talk-shows tapageurs qui cohabitent en elle. Attendez un peu. Et *pourquoi* ce serait logique, d'abord ?

Chou me demande si je veux qu'il reste. Je lui réponds que je ne veux plus prendre la moindre décision. Il nous sert un verre de vin à chacun et nous nous asseyons sur le canapé de la cuisine. Jelly bondit comme un ressort et se pelotonne sur ses genoux. Thumper, notre autre chat, se couche sur le dos contre sa cuisse. Il les caresse en chantonnant « One Cat » sur la musique de « One Love » de Bob Marley.

Il y a quelques fils d'argent dans les mèches brunes qui lui tombent sur les yeux, et la barbe rêche qui lui couvre la mâchoire vire au poivre et sel. Il porte toujours à l'oreille le petit anneau d'argent que je lui ai offert quand nous avons commencé à sortir ensemble. Et son alliance. Mon amour pour lui me fait l'effet d'un point intercostal.

— Cette maison a si longtemps été la mienne, dit-il, légèrement émerveillé, comme lorsqu'on passe en voiture dans son ancienne rue.

— Elle l'est toujours, Chou.

Mais elle ne l'est plus.

— Je suis désolé. Les choses sont ce qu'elles sont.

Il enveloppe ma main de la sienne, chaude et familière, et les pose sur le chat.

— Je suis là, murmure-t-il.

S'il veut dire ici, dans son ancienne maison, alors c'est vrai : il est presque toujours ici. Et s'il veut dire, qu'il est là pour moi, au même titre qu'un mari, c'est vrai aussi.

— Je sais. Mais je suis tellement fatiguée.

— Ashley.

Il ne dit rien d'autre, mais sa voix est si riche.

3.

Cedar entre dans la chambre.

— Oh, mon Dieu ! Pardonnez-moi !

Il recule aussitôt et fait mine de refermer la porte. Edi et moi nous exclamons simultanément, et chacune à notre manière :

— Non, non, pas de souci !

— Entre ! On a terminé !

Je suis sur le lit d'Edi, équipée d'une lampe frontale, les genoux de part et d'autre de ses hanches pour épiler les poils qu'elle a au menton. Je saute par terre, glisse ma pince à épiler dans mon sac et tire une chaise pour m'asseoir.

De la neige fondue grisâtre couvre le paysage, derrière la fenêtre. Cedar a les cheveux trempés. Je le soupçonne d'être venu à vélo, mais me retiens de faire ma mère poule. Une odeur de pancakes arrive de la cuisine. Deux bénévoles préparent le petit-déjeuner pour les résidents encore capables de manger. L'après-midi est déjà bien entamé, mais personne ne pense plus en termes de matin, midi et soir, ici ; ni même en termes d'heures et de jours.

— Un désir particulier ? s'enquiert Cedar, sortant sa guitare de son étui.

Edi se redresse un peu et écarte des mèches de son visage.

— Je sais qu'on est encore loin du mois d'avril, mais vous connaissez « April Come She Will » ?

— Non, mais je peux la chercher sur Google.

Il surprend mon expression – celle du masque de *Scream* –, détourne aussitôt les yeux et tire son téléphone de sa poche.

— Simon and Garfunkel. Je l'ai !

Il gratte quelques accords et se met à chanter, marquant des pauses pour faire défiler les paroles.

Je me revois chez Edi à dix ans. Nous nous amusions avec nos peluches Snoopy identiques – à les soigner, ou à les marier, ou les deux – quand Jonah était apparu à l'entrée de la chambre, un magnétophone dans les mains. Si séduisant avec son tee-shirt imprimé d'un alligator et son duvet de moustache. Et son air furieux, aussi. Il avait appuyé sur PLAY.

— C'est toi qui as fait ça ?

On l'avait alors entendu psalmodier « *Baroukh ata Adonaï Elohenou, Melekh haolam* » dans un hébreux impeccable, jusqu'à ce que sa voix soit soudain remplacée par celle d'Edi chantant « Maybe », de la comédie musicale *Annie*, d'une voix vibrante de passion.

— Tu t'es enregistrée en train de chanter sur ma cassette d'entraînement à la lecture de la *haftarah* ?

— Non, avait rétorqué sa sœur sans ciller.

Je profite de la présence de Cedar pour consulter les messages que je n'ai pas encore lus. Un message automatique de l'école de Belle qui m'avertit de son absence. Puis un de Belle : *Quelqu'un a vomi des poils sur le canapé.* Je lui réponds que si elle était à l'école, comme elle le devrait, elle n'aurait pas à s'occuper de ça.

Je demande : *Pourquoi tu n'es pas à l'école ?* Elle m'envoie un émoji « allô » impénétrable.

Un message de Jonah : *Nouvelle idée : un restaurant qu'on appellerait Potassium.*

Dernièrement, le niveau de potassium d'Edi est en chute libre.

On aurait des palourdes, des bananes et du raisin au menu, écrit-il.

Bonne idée.

Potassium !

Le père d'Edi, de sa résidence de Floride : *Préviens-moi en cas d'urgence.*

J'écris : *Une urgence « en soins palliatifs » ? Comme quoi, un incendie ?*

J'efface aussitôt le message et le remplace par : *OK.*

Encore Belle : *C'est quoi le* Shiplap ?

Je lui demande d'arrêter de regarder La Chaîne Déco et d'aller à l'école, songeant bêtement : *Au moins, elle regarde des émissions éducatives.*

De sa sœur, j'ai reçu une collection de cœurs suivie de : *Je pense à toi.*

Je lui envoie une longue chaîne de bisous.

Puis j'écris : *Hey, Jude !*

Réponse : un émoji qui lève les yeux au ciel.

Edi pique du nez tandis que Cedar joue « Heroes » de David Bowie – au panthéon de ses chansons préférées. Après sa première intervention chirurgicale, je lui avais confectionné une bannière WE CAN BE HEROES avec un petit fanion planté sur chaque lettre. Elle l'avait accrochée sur le mur de sa chambre d'hôpital.

« *Réduction ?* avait-elle demandé, surprise, avant l'intervention. Sérieusement ? Ils se contentent de vous enlever un petit bout de tumeur au hasard ? C'est pas très optimiste comme terme. »

À l'époque, nous tentions de comprendre ce que sa vie allait devenir. Et nous n'avons toujours pas la réponse.

Je sors de la chambre à pas de velours avec Cedar, dès qu'il a terminé sa chanson. Olga est dans le couloir. Elle brandit la paire de ciseaux qu'elle a dans la main.

— Vous savez couper les cheveux ?

— Oui ! Enfin, sans doute. Les vôtres ?

Elle rit et tapote son beau casque blond d'une main protectrice.

— Oh, non ! Ceux de Junior. Il fait une fête.

— Bien sûr. Avec plaisir.

Je ferais sans doute mieux de rentrer à la maison pour me remettre au travail, mais l'une de mes grands-mères était Ukrainienne, et j'ai envie d'être la visiteuse préférée d'Olga. Enfin, celle d'Olga et de tous les autres êtres humains de cette planète.

— Venez, dit-elle.

Elle ouvre la porte d'une chambre, deux portes plus loin, où nous trouvons Junior assis dans son fauteuil roulant près de la fenêtre, observant des cardinaux rouges perchés sur une mangeoire. Comme Ruth, Junior est ici depuis plus d'un an. « Il est techniquement mourant, m'a expliqué le Dr Soprano. Mais sa compagnie d'assurances lui saurait gré de s'investir dans ce projet avec un peu plus de diligence. » Il a un ballon attaché à son fauteuil, et une tiare étincelle sur sa tête. Sa chemise bleue à col boutonné est bien repassée et sagement rentrée dans son pantalon de pyjama.

— Salut, Junior, dis-je. Je suis Ash. L'amie d'Edi. Joyeux anniversaire !

— Joyeux anniversaire à vous aussi, répond-il.

Olga m'explique :

— Il a *cent* ans aujourd'hui.

— Cent !

— Non, pas vous, plaisante Junior. Ce n'est pas possible !

Je ris.

— Tu sais quoi ?

— Quoi ?

— Aujourd'hui tu vas avoir droit à une bonne coupe de cheveux.

— Oh, une toute petite, si vous voulez bien. J'ai juste un cheveu qui dépasse.

— Un cheveu ?

— Oui.

Il est à *mourir* de rire.

Il serait difficile de sous-estimer la quantité de cheveux que Junior a sur la tête. On dirait le duvet d'un poussin atteint d'alopécie.

— Une seconde, dis-je.

Je ressors le temps d'attraper une couverture dans le placard chauffant, puis la déploie sur ses épaules d'un geste théâtral et soulève délicatement sa couronne d'anniversaire. Ses cheveux me font penser à de la soie d'araignée. C'est une substance à peine physique, presque aussi intangible que le brouillard.

— Si j'avais su que j'aurais de la visite, j'aurais mis mes dents.

— Oh, je t'en prie. C'est totalement surfait, les dents.

Je commence à couper avec la plus grande délicatesse, prenant soin de ne pas élaguer ses oreilles blanches comme du papier.

— Depuis quand êtes-vous barbier ? questionne-t-il.

— Depuis fort peu de temps. Mais j'apprends vite.

Je fais mine de faire bouffer les côtés et pousse son fauteuil jusqu'au miroir. Il plisse les yeux et se tapote la tête. Je lui demande :

— Qu'en dis-tu ?

— De quoi ?

— Oh, de rien, sans doute.

— Souris à la vie et elle te sourira, déclare-t-il en m'adressant un large sourire édenté dans le miroir.

Olga réapparaît.

— Jolie coupe ! Comme chez un véritable barbier ! Je vais chercher le balai.

Je fais mine de balayer la touffe de duvet microscopique tombée par terre. Je me vois la ramasser du bout des doigts, la glisser dans une enveloppe et l'envoyer à Locks of Love, l'organisation caritative qui offre des prothèses capillaires aux malades du cancer. J'accompagnerais mon don d'un message du genre : *Pas de quoi ! En espérant que cela serve pour plusieurs perruques !* Ha ha ha !

— Mon portefeuille est sur la commode, dit Junior.

— C'est pour la maison. Pour ton anniversaire.

Il me remercie et me souffle un baiser.

Je retourne voir Edi. Elle a les yeux fermés, mais gémit. Je m'assois au bord de son lit.

— Ed ? Ça va ?

— Ouais. Je vais bien, répond-elle.

Et gémit à nouveau.

— Mais tu gémis.

— Ah oui ? Mouais…

— Tu as mal quelque part ?

— Pas vraiment.

Elle ouvre les yeux.

Même ici, avec son visage émacié qui semble se creuser un peu plus chaque jour et ses dents qui paraissent de plus en plus grandes par contraste, Edi ressemble encore à une star de cinéma italienne avec ses yeux noirs, ses sourcils bruns, et son sourire capable d'illuminer une ville entière : il y a sûrement des gens éblouis à des kilomètres à la ronde, qui n'ont pas idée qu'ils sont victimes du sourire d'Edi. Elle porte le vieux tee-shirt Talking Heads de Jonah. Ses trapèzes saillants dépassent de l'encolure. J'imagine que ce n'est pas un hasard si, plus on approche de la mort, plus on ressemble à des squelettes dans des enveloppes de chair sophistiquées. Parce que c'est ce que nous sommes, dans le fond.

Mais Edi ne sourit pas en ce moment.

— Je me demande si j'ai bien fait de venir.

— À Gracieuse ?

— Ouais.

J'acquiesce.

— J'aurais dû rentrer à Brooklyn.

Auprès de Jude et Dash. C'est là qu'elle habite. Habitait ? Habite. *Habitait.*

— Parle-moi, dis-je.

Elle secoue la tête, et pleure en silence.

Lui suggérer de venir s'installer ici s'est révélé aussi difficile qu'on pouvait le prévoir. Edi a pleuré toutes les larmes de son corps à la seule mention des mots *soins palliatifs.* Et à nouveau à l'idée d'abandonner Dash.

— Je ne peux pas. Non.

— Bien sûr, d'accord, lui avions-nous répondu, sonnés et désespérés.

— Il nous faut un plan B, avait dit Jude, tandis que nous la regardions dormir.

— Oui.

Mais rien n'était venu.

La nuit était tombée, Jude s'était assoupi. Je rassemblais mes affaires pour partir quand il m'avait lancé :

— Tu prends un taxi pour rentrer chez tes parents, hein ?

— Oui.

— Ash, avait-il soupiré, l'air las.

— Quoi ?

— Tu comptes rentrer en métro, n'est-ce pas ?

Bien sûr ! Pour qui me prenait-il ? Bill Gates ?

Edi avait ouvert les yeux.

— D'accord, avait-elle dit, l'air résolu.

Et il était clair qu'elle ne validait pas mon mode de transport. Elle avait bu un jus de pomme miniature en une gorgée avant de continuer :

— Amenez-moi Dash ici, demain. Et ensuite, je partirai. Je ne veux plus en parler.

Nous l'avons serrée dans nos bras sans un mot, tandis que la douleur se répandait en elle comme du mercure, à l'idée de perdre ce qu'elle avait de plus précieux au monde : une chose bien plus précieuse que la vie elle-même.

— Dash est enrhumé, m'annonce-t-elle à présent.

Je suis au courant. Jude m'a envoyé un message accompagné d'une photo de leur fils faisant une grimace comique avec son petit nez tout rouge.

— Pauvre bouchon, dis-je.

Edi secoue la tête. *Non.*

— Je ne suis pas là-bas. Je ne peux pas lui faire ses œufs brouillés et l'embrasser sur le front. Mon bébé.

Je ne serai plus jamais là pour le soigner quand il tombera malade. Comment ça a pu arriver ?

Son visage se ride et elle est secouée de sanglots. Je me penche et la serre dans mes bras, maladroite, sentant mon nez couler dans ses cheveux.

Je m'écarte pour la regarder, en larmes, moi aussi.

— L'amour que tu lui as donné est inscrit en lui. Tout son être, ses os, son corps, son cerveau, en sont gorgés. Il a grandi grâce au placenta qui est né de toi, grâce à ton lait. À tous les pancakes et les sandwiches que tu as préparés pour son déjeuner. À tous ces soins qu'il a reçus de toi.

Je suis étonnée de la voir acquiescer, parce que j'improvise totalement, les mots s'écoulent de ma bouche comme le jet d'eau d'un tuyau d'arrosage, la panique m'a propulsée sur le mode *consolation*.

— Son être tout entier est fait de ton amour.

Le flot de paroles se réduit à un filet, et s'endigue. Un battement de cœur plus tard, les premières notes de l'ouverture d'*Un violon sur le toit* s'élèvent, accompagnées des applaudissements de Ruth. Farrah Fawcett, le golden retriever, effrayé par la musique, passe le museau dans la chambre et entre pour se cacher derrière la porte.

— Mon cœur se brise, Ash. Je vais mourir.

— Je sais…

Je me retiens de dire : « Moi aussi. »

4.

Assise sur le rebord de la baignoire, Belle me regarde soigner mon acné, une expression horrifiée sur son visage lisse.

— Tu vas vraiment t'enlever un point noir avec l'aiguille de ce badge Obama ? Pitié, maman. Je ne veux pas voir ça.

— Alors sors d'ici. Je ne me souviens pas t'avoir entendue frapper, d'ailleurs !

Je tamponne un peu de fond de teint médical sur mon menton.

— Tu pourrais t'acheter une de ces fausses pierres sous lesquelles tu caches tes clés. Mais en version masque...

— Merci.

— Tu es magnifique, maman. Vraiment. Mais d'où viennent tous ces boutons ?

— C'est peut-être dû au stress ? À la ménopause ? Ou c'est ma méchanceté qui sort par les pores de ma peau ? Je n'en ai aucune idée.

Je me passe du baume sur les lèvres.

— Ou peut-être que je suis enceinte ?

— Oh, mon Dieu !

Belle sursaute, et lève les yeux de son mollet sur lequel elle dessinait un crâne à l'eye-liner.

— Tu es sérieuse ?

— Allons. Bien sûr que non. Mes derniers œufs doivent ressembler à un tas de raisins mous.

— Ouais. Quelqu'un a déjà mangé tous les bons. N'empêche que ton corps a pu se dire : *Bah, celui-ci n'est pas si mal, en fin de compte !* Et hop, il l'a envoyé dans le conduit.

— Merci de te montrer si explicite.

— Imagine, maman ! Si tu nous faisais un minuscule bébé raisin qu'on pourrait coucher dans une boîte d'allumettes.

— Ça suffit ! Sors d'ici, dis-je, la fouettant avec une petite serviette de toilette.

— Tu sais que certaines personnes ont des bébés pétrifiés ? C'est même hyper commun. C'est un bébé qui se fossilise avant la naissance. Attends, je vais te montrer.

Elle pianote sur son téléphone.

— Lithopédion. C'est un bébé calcifié. Il y a eu trois cents cas enregistrés dans l'histoire de l'humanité.

— C'est pas ce qu'on peut qualifier d'« hyper commun ».

— Waouh ! Regarde, m'man, il y a une femme qui a eu un bébé pétrifié à quatre-vingt-dix ans ! Tu as encore tout ton temps. Il y a une photo, là.

Je me penche pour y jeter un œil.

— Belle. C'est une sculpture en marbre de la main de Dieu avec un bébé dedans. C'est un ornement de jardin !

— Ah, ouais. Mais, attends, tu peux t'acheter un bébé pétrifié imprimé en 3D sur eBay ! Un bébé pétrifié en plastique, ça ferait une bonne métaphore pour quelque chose. Quelque chose de totalement glauque.

Je n'ai certes jamais eu de bébé raisin ou de bébé pétrifié, mais, quand Belle avait cinq ans, j'ai eu un presque-bébé. Chou et moi avions décidé de ne plus avoir d'enfants, et cependant, quand j'ai appris que j'étais enceinte, cette petite réalité vaporeuse s'est installée confortablement en moi. Je n'éprouvais pas le désir d'avoir un autre enfant, mais je désirais *ce bébé-là*. Je me sentais illuminée de l'intérieur par cette graine de vie mystérieuse qui grossissait en moi. Chou me répétait : « C'est toi qui décides », ce qui, techniquement, paraissait la meilleure attitude possible. Pourtant, je me sentais blessée.

— Tu n'es pas enthousiaste ? lui avais-je demandé.

— Enthousiaste ? Eh bien…

— OK. Oublie ça.

J'étais allée me faire des œufs brouillés, que j'avais aussitôt jetés à la poubelle avec la poêle, écœurée. Manger un *œuf* : berk.

Et puis il y avait eu le sang. Pas la traînée brunâtre familière, mais du sang rouge de film d'horreur, en grande quantité. Je m'étais mise à sangloter, à quatre pattes dans la salle de bains tandis que Chou me caressait le dos pour me calmer, assis sur la cuvette des W.-C. J'expulsais d'énormes caillots noirs, quand j'avais entendu les filles approcher en pantoufles dans le couloir.

— N'entrez pas ! avais-je hurlé.

Chou avait eu l'air effrayé, horrible, d'un homme qui vient de voir un spectre. Comme s'il avait eu la vision de son avenir, sans sa femme chaleureuse et rieuse, en compagnie d'un poltergeist geignard, qui allait le hanter avec ses *traumas* utérins.

Il n'y était pour rien, naturellement. Ce n'était pas son ambivalence vis-à-vis de cette grossesse qui avait causé sa fin brutale. Mais j'étais furieuse, je me sentais seule, et quelqu'un avait glissé des antidépresseurs dans mon cocktail, me privant de la faculté d'espérer et de raisonner. J'essuyais mes larmes d'un revers de manche et me plaquais un sourire sur le visage chaque fois que les filles finissaient par se glisser dans la pièce où je me cachais et me dévisageaient, inquiètes. Je ne voulais plus tomber enceinte. Dans le meilleur des cas, une grossesse ressemblait à une course effrénée sur un terrain accidenté avec un œuf dans une cuillère. Nous n'avons pas réessayé. Nous sommes allés chercher deux chatons au refuge et j'ai fourré mon chagrin dans une vilaine boîte en espérant qu'elle finirait par se désintégrer.

— Papa vient ce soir ? me demande Belle.

— Oui.

— C'est pour ça que tu te maquilles ?

— C'est juste du baume teinté.

— Mais c'est pour lui que tu en mets ?

— Je ne sais pas.

— OK. Est-ce qu'il va apporter à manger ? Scriv peut venir ?

— Oui. Bien sûr. Iel est le·a bienvenu·e.

Scrivener est *le·a petit·e ami·e* de Belle.

Quand j'avais fini par lui demander : « Vous sortez ensemble ? », elle m'avait dévisagée comme je si les soupçonnais de s'étendre sur des méridiennes de l'époque victorienne pour lire *Sur la route de Madison* et s'échanger des mèches de cheveux. Ou alors, comme si je suggérais qu'ils *baisaient* en douce. Difficile à dire. « Mon Dieu ! Non ! Maman, berk. On aime seulement être ensemble », avait-elle répondu.

Ça veut dire quoi au juste, être ensemble ? avais-je écrit à Jules. Sa sœur m'avait répondu par un smiley et un émoji riant aux larmes, ce qui ne m'avait pas beaucoup avancée.

— Tu pourrais peut-être ranger un peu le salon ? lui dis-je à présent.

Et cette petite taquinerie la chasse enfin de la salle de bains.

— La nature ne hait rien tant que les aspirateurs, lance-t-elle.

Chou et Scriv entrent ensemble dans un effluve d'épices et je referme la porte sur un paysage nocturne de neige virant à la glace sale pendant qu'ils essuient leurs bottines.

Scriv porte une tenue d'employé de Target (polo rouge rentré dans son pantalon en toile serré à la taille par une ceinture), ce qui est normal puisque iel y travaille. Enfin, iel est plus ou moins habillé·e comme ça, même quand iel n'y travaille pas. Je me demande si c'est de l'ironie de sa part, ou si c'est son goût. Mais, dans le fond, ça revient au même. Je me fais parfois l'effet d'un dinosaure qui essaie de comprendre les us et coutumes des jeunes êtres humains. Pour Belle, mon besoin de clarification est induit par la société capitaliste patriarcale – ce dont je ne doute pas une seule seconde.

Chou nous tend des sacs d'India House :

— Samosas et pakoras. Saag paneer. Korma végétarien. Makhani dal – deux portions –, aloo chaat et biryani. Il devrait y avoir quelques chutneys aussi. Et des naans, énumère-t-il.

— *Miam.* Ça a l'air délicieux. Merci.

La table est déjà dressée et éclairée par des bougies.

— Vous voulez bien qu'on prenne un instant pour penser à Edi et lui communiquer notre amour ?

Belle ne se moque pas de moi, ne présente pas ses excuses gênées à Scriv en lui expliquant que des semi-Juifs hypocrites vont dire une prière.

— Bien sûr, maman.

Je ferme les yeux, serrant les paupières, et me représente le visage de mon amie. Je m'imagine décollant des cœurs roses d'une plaquette d'autocollants pour les lui appliquer sur les joues. Est-ce une prière ? Je ne sais pas.

Nous mangeons. Beaucoup ! Les barquettes circulent autour de la table, nos assiettes se chargent de riz et de currys en tout genre, nous trempons des beignets dans des sauces, essayons d'identifier les combinaisons d'épices et poussons des petits cris, parce que ça pique, et parce que c'est délicieux. Je ne peux m'empêcher de remercier Chou, qui ne cesse de répondre : « Ah, je t'en prie, Ash, ça me fait plaisir. » Alors qu'il s'agenouille devant le poêle à bois pour ajouter une bûche, la vue de ses épaules, si larges, si généreuses, me remplit de regret.

Je le revois nous servir un délicieux ragoût d'agneau, il y a des années, avant que les filles ne deviennent végétariennes. « Délicieux ! » s'exclamaient-elle, la sauce des haricots blancs à la cannelle leur dégoulinant sur le menton. Les yeux de Chou brillaient de bonheur.

— J'ai roulé le couscous à la main et je l'ai fait cuire à la vapeur dans un couscoussier, avait-il précisé, ravi.

J'avais reposé ma fourchette sur la table.

— Chou, nous sommes débordés. Nous n'avons même pas le temps de... *nous passer du fil dentaire entre les dents.* C'est tellement facile d'acheter du couscous.

— Je sais, oui. Désolé.

— Non, non. C'est moi qui suis désolée d'être si ingrate. Merci pour tout ça.

Mais, parfois, j'avais le sentiment que le mariage n'était qu'une série de petits renoncements de ce genre, que nos rêves finissaient par se dissiper, comme des gaz volatils et invisibles.

Belle apporte une boîte de loukoums parfumés à la rose.

— Un de tes services de presse ? me demande Chou.

J'acquiesce. J'écris des articles sur la gastronomie et reçois des tonnes de trucs étranges par la poste : des barres aux algues séchées par douzaines, du pop-corn aromatisé à la poitrine de bœuf, une couverture en fourrure polaire imprimée d'une photo de lasagne géante. L'arrivée de ces cartons au contenu mystérieux est un de nos événements du quotidien favoris. J'attends toujours que Belle rentre de l'école pour les ouvrir. « Quoi ? Des couteaux de mer cuisinés en conserve ? Mon Dieu ! C'est un canular ? » Même les denrées les moins ragoûtantes nous amusent.

Scriv grignote l'un des cubes couverts de sucre glace et dit :

— On dirait du bain moussant sucré et gélatineux.

C'est plutôt bien vu.

— *Délices* de Turquie, lit Belle sur la boîte. C'est très présomptueux. C'est quand même un peu à nous de décider si on trouve ça délicieux.

— Juste, approuve Scriv.

Je souris. Jusqu'aux oreilles apparemment.

— Oui, m'man, on sait que tu es dingue de nous. Que tu es contente qu'on soit tous là. Ne le dis pas, s'il te plaît.

— Je n'allais pas le faire !

Mes yeux remplis de larmes me démentent.

Elle me tapote gentiment l'épaule.

— Thumper ! fait semblant de gronder Chou.

Les chats ne sont pas autorisés à se promener sur la table, seulement personne n'a encore réussi à le leur expliquer. Thumper frotte sa tête contre celle de Chou, lèche un peu son assiette, puis se couche sur le dos, renversant la salière et un verre vide.

— Vilain, vilain chat.

Chou le cueille dans ses bras et le couvre de baisers.

J'ai un faible pour les hommes qui aiment les chats.

Vous devez déjà penser que Chou est parfait et que si nous sommes séparés, c'est forcément moi la fautive. Et vous n'avez pas tort. Pour faire court, disons que je ne suis plus capable de vivre avec un homme susceptible de m'abandonner en larmes dans notre lit au milieu de la pire dispute qu'on ait jamais eue, et de se doucher en chantant joyeusement, « No Woman, No Cry ».

— Tu *chantais* sous la douche ? l'avais-je questionné, incrédule, quand il était réapparu, un coton-tige dans chaque oreille.

— Oui, pourquoi ? avait-il répondu surpris.

— Il t'arrive d'avoir des sentiments humains ?

Il avait hésité – ce qui était sage de sa part –, avant de demander :

— Qu'est-ce que tu attends de moi, Ash ?

— Davantage.

C'était aussi simple que cela.

Belle nous a préparé du chai et a déposé sur la table un assortiment de denrées gratuites. Bretzels fourrés au Nutella, macarons sans gluten goût sorbet aux couleurs de l'arc-en-ciel, barres chocolatées « super nutritives, avec encore plus d'açais ! ».

— Tout ce que j'aime, dis-je, remplissant le verre de Chou de vin, puis le mien.

Mon téléphone se met à sonner. Nous nous figeons tous. C'est l'unité.

— Ash ?

C'est Violet, l'une des infirmières de Gracieuse.

— Je suis désolée, mais je pense que vous devriez venir.

5.

Violet vient à ma rencontre sur le parking verglacé, que je traverse en courant, des larmes ruisselant sur les joues, me frottant les mains pour étaler le gel hydroalcoolique.

— Ça va. Je suis désolée de vous avoir effrayée. Elle passe juste une mauvaise nuit.

Je lui dis qu'elle a bien fait de m'appeler et la suis dans le couloir.

Edi est recroquevillée sur elle-même, pâle et enflée. Elle sanglote.

— Ash. Ash, j'ai si soif !

Je m'assois au bord de son lit.

— Je sais, mon chou. Je vais te chercher à boire.

— Mais ma chemise de nuit est mouillée.

J'écarte les couvertures. Sa gastrotomie fuit. Tout est trempé d'un mélange de bile, de soda et… de risotto ? En plan large : Edi est mourante. En gros plan : c'est abominable. C'est abominable sur tous les plans.

— J'arrive, dit Violet en approchant pour s'en occuper.

— Vous voulez bien laisser Ash le faire ?

J'essaie de ne pas lui communiquer mon désespoir par télépathie. *Ne me laissez pas seule !* Et je dois avoir réussi, car Violet répond : « Naturellement » et sort de la pièce, fermant la porte derrière elle.

Si vous avez déjà essayé d'enfiler un pull en voiture, vous savez combien la ceinture de sécurité peut vous compliquer la tâche. Déshabiller Edi présente le même genre de difficulté. Elle est reliée à tant de tubes et de fils qu'il faut beaucoup d'adresse et de délicatesse pour ôter chaque vêtement au milieu de cet écheveau complexe. Et je ne parle pas des fluides qui risquent à tout moment de s'échapper des tubes. À voir les infirmières, on pourrait s'imaginer que ce n'est pas si difficile, mais quand j'ai enfin terminé, la chemise de nuit d'Edi est entortillée autour du support de sa perfusion et elle grelotte de froid.

Je file chercher une couverture dans le placard chauffant, et, tandis qu'elle se pelotonne dessous, j'ouvre les tiroirs de la commode à la recherche de changes.

— Ça ? dis-je, en levant un vêtement en flanelle chiffonné.

Elle secoue la tête. Et refuse le suivant d'un « Berk, trop rayé ».

— Tu es difficile.

Elle sourit.

— Celui que Jules m'a offert, s'il te plaît.

C'est un tee-shirt noir à manches longues, que ma fille a sérigraphié des mots FUCK & CANCER & FUCK en caractères Helvetica. Le jeu de patience recommence, mais quand Edi peut enfin se rallonger sur ses oreillers, sa gastrotomie s'est remise à fuir. Une tache s'élargit sur son tee-shirt.

— Ah, merde, j'y crois pas, grogne-t-elle. Laisse tomber, Ash. Je n'ai plus la force. Donne-moi juste une serviette, tu veux ?

Elle la fourre sous son tee-shirt et ferme les yeux.

— Je meurs littéralement de soif.

Je sais qu'elle a littéralement raison.

— Tu veux bien aller me chercher un Dr Pepper ? Et le reste de ce jus de pastèque que Chou a apporté, aussi. C'est la jolie bouteille qui se trouve dans le frigo commun.

Je vais chercher les boissons, attrape quelques pailles, remplis un seau de glaçons et un pichet d'eau, et salue la nièce de Junior qui s'active également autour des frigos. En dehors du murmure du sèche-linge et des rires étouffés qui arrivent du bureau des infirmières, tout est calme. À bien des égards, Gracieuse ressemble à une maison normale : sa cuisine est semblable à toutes les cuisines avec ses sachets de chips fermés avec des pinces et ses notes furieuses (ÉTIQUETEZ VOS RESTES !) collées sur les frigidaires. Sa lingerie a la même odeur de détergent et d'adoucissant, les mêmes paniers en plastique, piles de serviettes de toilette et de sous-vêtements géants, que toutes les lingeries. Et si le bureau des infirmières, les distributeurs de gel hydroalcoolique fixés aux murs, et les lits motorisés évoquent résolument l'hôpital, la débauche de fleurs artificielles, le papier peint à motifs écorné, et les figurines en porcelaine d'enfants chargés de seaux et de paniers donnent au tout un côté Bed and Breakfast qui profite de chaque espace disponible pour afficher des réflexions profondes brodées au point de croix du style : TOUS LES INVITÉS DOIVENT ÊTRE APPOUVÉS PAR LE CHIEN DES LIEUX et LAISSEZ-MOI VIVRE DANS UNE MAISON AU BORD DE LA ROUTE ET AVOIR UN HOMME POUR AMI. (*Quoi ?*)

— C'est douillet comme un chez-soi, avait-on dit à Edi, lors de son admission.

— Je vois ça, avait-elle répondu, en m'adressant une de ses moues snobs.

Je regagne la chambre, et pendant que mon amie boit jusqu'à plus soif, je lâche ses vêtements sales dans le panier à linge et replie ses chemises de nuit propres.

— Ahh. Il n'y a rien de tel que de boire pour étancher sa soif.

— Très juste.

Je tire une chaise jusqu'à la fenêtre, en approche la poubelle et étale une serviette sur mes genoux.

— Corvée de bouquets ? en déduit Edi.

— Ces fleurs ne vont pas se trier toutes seules.

C'est idiot, mais j'adore transformer cinq ou six vases de fleurs défraîchies en un ou deux bouquets impeccables. Je retire tout ce qui est fané ou sec, organise les fleurs restantes en fonction de leur taille et de leur couleur, rince les vases et les remplis d'eau propre. Bon à savoir quand vous désirez offrir des fleurs : les œillets et les chrysanthèmes durent des lustres, mais le lilas et les iris meurent presque instantanément. Avec les roses, c'est tout ou rien.

Les hydrangeas fanent très vite, mais sont aussi jolies fraîches que sèches.

— Regarde, Ash.

Edi soulève son tee-shirt. Je me penche sur sa gastrotomie.

— Elle a l'air en place.

— Non, ici. La cicatrice.

Elle dessine la ligne boursouflée et légèrement violacée sous son nombril.

— C'est magnifique, dis-je.

Je me lance alors dans un monologue un brin exalté sur la beauté de ce qui est brisé, sur les fissures qui laissent passer la lumière, puis livre quelques réflexions poignantes sur le *kintsugi*, cet art japonais qui consiste à réparer la poterie ébréchée avec de l'or. Je conclus d'une voix vibrante :

— Au final, il y a plus de beauté dans l'imperfection que dans la perfection. (Oh, mon Dieu, *pourquoi* ?)

Edi me dévisage, bouche bée, horrifiée.

— Ma foi, finit-elle par déclarer. C'est merveilleusement *wabi-sabi*, tout ça. Mais j'ai plutôt l'impression d'être réparée avec de la merde qu'avec de l'or, si tu veux mon avis.

— OK.

Et je me penche pour embrasser son visage irrité.

— Pardon.

Elle me tapote l'épaule.

— J'essayais juste de te montrer l'endroit où la cicatrice de la gastrotomie rencontre celle de ma césarienne. Ça résume tout.

— Oui.

J'ouvre la bouche pour dire autre chose (Dieu sait quoi), mais elle lève la main pour m'en empêcher. Elle a raison. La rencontre entre ce symbole de la vie et ce symbole de la mort parle d'elle-même.

Mon téléphone tinte.

Salut, Ash, dit le message.

Je tape : *Salut Dash !*

Comment va maman ?

Elle va bien. Elle est ici. Tu veux lui parler ?

Non, bonne nuit.

Dors bien !

— Tu écris à l'un de tes petits-amis ? questionne Edi.

— Ha ha, très drôle. Non, c'est juste le boulot.

Je n'aime pas lui mentir, mais il est parfois difficile de faire autrement. Un verre dans chaque main, Edi tire sur une paille, puis l'autre. Elle refuse de boire dans des gobelets en plastique parce que c'est cancérigène. Son humour noir me fait parfois frémir jusqu'à la moelle – où des cellules cancéreuses se développent peut-être à l'instant même.

— Et ton syndrome de cœur d'artichaut, ça s'arrange ?

Je fais couci-couça de la main.

— Je crois que je suis en train de tomber amoureuse de Junior.

— Évidemment. Mais je ne pense pas que ce soit très sage, étant donné les circonstances.

— Ah, je suis une optimiste.

— Non, Ash, tu prends des risques *inutiles*. Tu n'es pas une optimiste.

Je me mordille un ongle et m'aperçois que je saigne. Une épine de rose ! Comme dans un conte de fées. Une belle métaphore de ma vie chaotique et douloureuse. Le vent envoie de la pluie sur les fenêtres par bourrasques. J'étale une autre couverture sur les jambes d'Edi et mets mes bouquets dans les vases.

Adultes, Edi et moi sommes devenues le rat des villes et le rat des champs. Elle n'a jamais compris que je puisse avoir envie de vivre loin de New York, mais a toujours adoré nous rendre visite ici et faire la tournée des marchés fermiers (« Rien à voir avec mon épicerie bio », s'émerveillait-elle) pour s'acheter des œufs souillés d'excréments, du bon miel doré, des barquettes de myrtilles sauvages minuscules, des bouquets d'oignons odorants, des pièces d'agneau élevé à l'herbe emballées sous-vide, et rapportait tout ça à Brooklyn dans une glacière. Nous l'avons traînée dans toutes sortes de festivals improbables – Art et Oignons, Moutons et Châles, Septoberfest – où l'on trompe son ennui en mangeant des kebabs carbonisés hors de prix, en admirant des repose-cuillères en terre cuite, ou en regardant des enfants, des hommes et des femmes filer de la laine, égrener des épis de maïs, et peler des pommes par kilos. Nous l'avons aussi emmenée faire la cueillette des fraises. Je me souviens qu'elle avait demandé au maraîcher : « Comment pouvez-vous empêcher les gens de venir en cueillir la nuit, en cachette ? » Il s'était gratté la tête sous son chapeau de paille, comme s'il auditionnait pour un rôle de fermier, et avait répondu : « Eh bien, je suppose que je ne peux pas. Si une personne éprouve le besoin de venir cueillir des fraises en pleine nuit, libre à elle. Je suppose qu'on peut se permettre de perdre un peu d'argent. »

— Il t'a cloué le bec, le marchand de fraises ! avais-je plaisanté, de retour à la voiture.

— Carrément !

J'ai souvent eu l'impression qu'Edi s'imaginait que je vivais dans un roman d'E.M. Forster. « Et si on allait pique-niquer au bord de la mer ? » pouvait-elle lancer, parfois, m'obligeant à la ramener sur terre : « Euh, Ed. On est à *deux heures* de la mer. Tout ce qu'on peut faire, c'est un pique-nique dans le jardin communal à côté de la jeunesse locale parfumée au patchouli. » En même temps, lorsque c'était moi qui lui rendais visite, je ne pensais qu'à me faire livrer toutes sortes de plats à emporter. C'est dingue, le choix que vous avez, à Brooklyn ! Vous pouvez commander des moules-frites, et entendre le livreur sonner à votre porte alors que vous n'avez pas encore raccroché. Quand Edi proposait : « Et si on se faisait des spaghettis ? », je répondais : « Non. On va commander du poulet frit du restaurant coréen. Oh, et du tiramisu chez l'Italien. »

C'était toujours un peu délicat de nous éclipser de chez mes parents quand les filles étaient enfin endormies, mais je leur expliquais que j'étais impatiente de passer du temps avec Edi et Jude, et que Chou et moi pouvions nous vautrer dans leur canapé géant, siroter du chianti dans des tasses en céramique en grignotant des bouchées soufflées au fromage, et nous faire rire à en avoir mal aux côtes. Notamment quand Jude nous faisait écouter les messages laissés sur son répondeur par sa grand-tante : « Allô, Jude ? Tu es là ? Quoi ? Qu'est-ce que tu dis ? C'est toi ? Mince, je crois que c'est encore cette voix enregistrée avec les bips ! »

Edi et moi aimions raconter nos histoires d'enfance à Jude et Chou. Comme la fois où la famille d'Edi m'avait emmenée en croisière avec eux, et que le père d'Edi et de Jonah s'était assis sur un transat pour lire *Shogun*, au milieu d'une rangée de pères de famille assis dans des transats pour lire *Shogun*. Puis, nous ouvrions une autre bouteille de vin et nous mettions à imiter les filles. Jules, six ans, essayant d'apprendre à balancer ses bras comme une adulte et ressemblant à s'y méprendre à un chimpanzé emprunté. Ou Belle, enfant grincheuse de trois ans, qui, au zoo de Central Park, désignait tout d'un pouce furieux, grognant : « *Y*'aime pas mes sandales ! *Y*'aime pas les pingouins ! *Y*'aime pas que tu rigoles à cause de moi ! »

Plus tard, les choses se sont compliquées. Edi et Jude essayaient en vain d'avoir un enfant. Il a fallu en passer par les traitements, puis par l'insémination avec du sperme sélectionné à grand renfort d'injections brûlantes dans les fesses. La première FIV n'a produit qu'un test positif éphémère. L'embryon n'a pas plus tenu qu'un Post-it sur un calendrier. Edi a commencé à demander à me voir sans les filles, ce que je comprenais, mais qui était difficile à expliquer à Jules et Belle. « D'accord, mais *dis-lui* qu'on est tristes », avait rétorqué Belle, lors de l'un de ces voyages en solitaire. « Je ne lui dirai sans doute pas, mais je sais que vous êtes tristes. » Ce n'était guère mieux quand nous étions seules : au printemps, Prospect Park était plein de femmes enceintes à faire péter les coutures de leurs vêtements de grossesse. « Non mais, regarde-moi ces deux-là avec leurs *salopettes-shorts* ! » s'exclamait-elle, sidérée.

Finalement, l'embryon qui allait devenir Dash avait été implanté. En dépit des nombreuses frayeurs causées par son taux d'hormones fluctuant, puis de sa certitude de l'avoir vomi dans une poubelle municipale, rien n'allait le déloger. Les filles avaient douze et neuf ans à sa naissance. Elles se battaient pour le prendre dans les bras, lui donner le biberon ou changer sa couche, et comparaient Dash à leur poupon parlant, qui avait un nombril tout lisse et blanc et n'avait pas été circoncis. « Mais ils sentent bon le talc tous les deux », avait conclu Jules, après l'avoir langé, épuisée. Edi avait posé la tête sur mon épaule.

— Je n'arrive pas à croire que j'ai prié pour ça.

J'avais répondu :

— Premièrement, bien sûr que si, tu arrives à y croire. Et deuxièmement, tu ne pries jamais.

— C'est vrai. Mais *j'aurais volontiers* prié pour ça.

— Et tes prières auraient été exaucées, avais-je dit. Et tu aurais peut-être évité d'avoir le vagin en lambeaux.

Sur quoi, je m'étais levée pour aller tirer son coussin troué du freezer.

— Hello !

Le Dr Soprano a glissé sa tête dans l'ouverture de la porte. Edi dort au milieu de ses canettes, ses bouteilles et ses verres vides, comme un ivrogne de dessin animé.

— Vous avez une minute, Ash ?

Son visage séduisant est indéchiffrable.

— Évidemment. Attendez une seconde.

Je secoue la serviette couverte de feuilles mortes sur la poubelle et range les vases vides sur l'étagère, au-dessus de la commode.

Il me précède dans le couloir, puis dans la lingerie, et referme la porte derrière nous.

— J'avais quelque chose à vous dire.

— Je pense deviner de quoi il s'agit.

Mon cœur tambourine contre mes côtes tandis que le Dr Soprano me plaque contre la porte et glisse un genou entre mes cuisses.

— C'est à propos de mon sex-appeal ?

— Tout juste.

Il caresse mon cou des lèvres et attrape une poignée de mes cheveux, sachant que j'adore ça. J'ai les jambes flageolantes. Où sont passés mes muscles ? (Un début de Parkinson ?) Je me laisse glisser à terre. Il tourne la clé dans la serrure, me soulève et m'assoit délicatement sur le sèche-linge en marche. Il y a des paniers partout, remplis de bavoirs, de couvertures, d'alèzes et des ultimes tenues des résidents. L'endroit sent la lessive et l'adoucissant. *Un violon sur le toit* arrive de la chambre de Ruth. Farrah Fawcett gratte à la porte. Je me sens comblée. Pas par le sexe précisément. Par le fait d'être désirée. Par ce désir de l'autre qui occupe toute la place, renverse tout sur son passage. Me permet d'oublier.

— Je suis si fatiguée, dis-je, sensible à la vibration et à la chaleur du sèche-linge.

Le Dr Soprano s'agenouille et déboutonne mon pantalon.

— Chut, Ash. Tu n'as rien à faire du tout.

6.

— Fais la morte, me demande Edi.

Je m'écroule dans mon fauteuil, la langue pendante.

Elle rit et me donne un six. On joue à ce jeu-là depuis l'enfance.

— Tu penses qu'on peut continuer à s'amuser comme ça, ici ?

— Résolument, dis-je.

Elle désigne mon laptop.

— Tu écris ?

— Pas vraiment. Je prenais des notes. Je croyais que tu dormais.

— Des notes sur Gracieuse ?

— Je suppose. Je ne sais pas vraiment.

— C'est vendeur, comme sujet…

Elle tâte le sandwich au fromage grillé abandonné sur sa table de chevet.

— Mais ça manque cruellement de suspens…

Je désigne le sandwich et lui demande si elle veut autre chose – de la soupe, un œuf, une crème dessert ?

— Un gâteau de polenta au citron sicilien, répond-elle. Sérieusement. C'est tout ce dont j'ai envie.

———

Le gâteau sicilien de polenta au citron est une sorte de Saint Graal pour Edi. Elle en a acheté une part chez Dean & DeLuca au milieu des années 1990, a déclaré que c'était le meilleur gâteau qu'elle ait jamais mangé, et n'en a jamais plus trouvé. La semaine suivante, quand elle était retournée chez le pâtissier, personne n'avait semblé savoir de quel gâteau elle voulait parler. « C'est comme un navire fantôme, m'avait-elle raconté. Mais en version comestible. » Au fil des années, elle avait essayé de nombreuses recettes de gâteaux similaires, sans jamais réussir à retrouver le goût de celui qu'elle avait tant aimé. Fallait-il ajouter du romarin ? De l'huile d'olive ? Des citrons Meyer ? Plus le temps passait, plus elle doutait. « Peut-être que tu l'as juste *imaginé* ? » avais-je fini par soupçonner. Mais elle avait rétorqué, catégorique : « Non, c'était le meilleur gâteau que j'aie jamais mangé de ma vie. »

Edi et moi rédigeons un petit cahier des recettes préférées de Dash. Elle m'a chargée d'y insérer la recette du Gâteau.

— C'est que nous n'avons *pas* la recette, lui ai-je rappelé.

— C'est toute la difficulté de ta mission, a-t-elle dit comme si elle ne doutait pas un instant que je puisse la mener à bien.

— Je crois que l'un des bénévoles a fait des muffins au citron et aux graines de pavot, lui dis-je à présent.

Elle lève les yeux au plafond.

— Il devrait avoir un Make-A-Wish pour les adultes. Je demanderais à avoir la recette de ce gâteau… et que Lady Gaga me le prépare. Je voudrais tant en manger juste encore une fois.

Elle soupire.

— Je crois qu'il y a de la soupe aux champignons et à l'orge, dans la cuisine, reprend-elle, un peu abattue. Tu pourrais peut-être m'en apporter un peu ?

Nous avons toujours adoré manger ensemble. À l'école primaire, nous étions les deux seules élèves à aimer la cantine – enfin, les deux seules à avouer aimer la cantine. Nous aimions tout : les plats autant que les noms un brin impérialistes qu'on leur donnait (même s'il était difficile d'imaginer visions moins impériales) : le poulet chow mein au goût salé accompagné d'une masse gluante surmontée de nouilles croustillantes, le poulet à la king et sa garniture de céleri et de petit pois, le riz espagnol luisant de graisse, les impopulaires batônnets de poisson *recomposé*, les carrés de pizza épaisse des vendredis, les petits pâtés à la viande, les hamburgers étrangement irréguliers, les macaronis au fromage fade et le « chop suey *américain* », comme s'il en existait d'un autre genre. Et nous adorions les ramequins de crème dessert et de Jell-O. C'est une bonne chose que nous les aimions toujours autant, parce qu'il y en a à volonté à Gracieuse.

J'entends les griffes de Farrah Fawcett cliqueter sur le carrelage tandis que je réchauffe la soupe au micro-ondes. Elle s'assoit à mes pieds et me fixe de son regard émouvant. Je peux presque voir une bulle de bande-dessinée au-dessus de sa tête, avec un morceau de gruyère dedans. Je sors les tranches de fromage américain du frigo.

— Un tout petit bout. Et ne le dis pas aux autres.

Mais le corgi d'un résident arrive en reconnaissant le bruit de l'emballage.

— D'où viens-tu, toi ? Tu es bien trop petit pour manger du fromage.

Il reste figé, la truffe en l'air.

— Bon, un *tout petit* morceau alors.

— C'est M. Pinky Pie, lance Violet, entrant avec un plateau de gobelets à bec. Il appartient au nouveau de la chambre quatre. Dites, Ash, vous êtes toujours là ou vous êtes encore là ?

— Hein ?

Je me souviens de Chou, se réveillant au milieu de la nuit, et me trouvant avec Jules dans les bras : « Tu l'allaites *toujours* ou tu l'allaites *encore* ? » J'avais fondu en larmes.

Je réponds à Violet :

— Je suppose que la réponse est toujours là. Je veux dire que, non, je ne suis pas rentrée et revenue.

Je lui raconte ma nuit avec une désinvolture que j'étais loin de ressentir durant ces heures passées allongée contre Edi. *Une personne a sans doute rendu son dernier souffle sur cet oreiller !* me suis-je dit en tressaillant, honteuse de ma bêtise. Mes globes oculaires perçaient sûrement l'obscurité dans le noir. Il m'a semblé entendre quelqu'un rendre, ce qui a redoublé mon effroi. J'ai pressé l'oreiller redouté contre mes oreilles, tétanisée.

Puis j'ai pris mon téléphone et écrit à Belle, regrettant de ne pas être à la maison.

Tu es réveillée ?

Elle m'a répondu :

Ouais, papa est là. Tout va bien ?

Impec ! Parfaitement ! Bonne nuit ma chérie.

Tu as le bonjour de Jelly et Thumper. Et de papa aussi.

— Et vous ? dis-je à Violet. Vous êtes toujours ou encore ici ?

— Toujours ici. Mais je m'en vais dès que j'aurai dévoré ces brownies. Hé, ne donnez pas trop de fromage à Pinky Pie. J'ai entendu dire que ça lui causait des gaz. Vous pouvez laisser le lit d'appoint dans la chambre d'Edi, personne n'en a besoin pour le moment.

— Merci. Attendez : le chien s'appelle Pinky Pie ou M. Pinky Pie ?

— Juste Pinky Pie.

Le micro-ondes tinte. Je remue la soupe.

— Bon après-midi, dis-je en sortant.

— À vous aussi. Prenez soin de vous, Ash. Je m'arrangerai pour que la relève passe vous voir.

Il y a des gens dans le couloir, et Edi a l'air perturbée quand je lui apporte son bol de soupe.

— Ils ont installé un berceau dans la chambre d'en face, m'annonce-t-elle. C'est affreux. Qui peut bien vouloir envoyer un bébé ici ? Il n'y a personne pour s'en occuper à domicile ?

— C'est étrange, oui.

Je jette un œil dans l'autre chambre : il y a une perfusion à côté du berceau. Une femme au visage ridé berce un bébé dans ses bras. Ses yeux expriment un chagrin indicible. Je dois avoir laissé échapper un petit cri car Edi me demande :

— Quoi ?

— Rien. Rien du tout.

Mon téléphone tinte. Belle me demande s'il y a encore du lait à la maison.

Si tu n'en vois pas c'est qu'il n'y en a plus.

Ah, les enfants !

Je demande : *Pourquoi n'es-tu pas à l'école ?*

Elle répond : …

— Tu crois que je devrais m'inquiéter du fait que Belle manque autant l'école, Edi ?

— Elle a l'air d'aller bien.

Elle souffle sur une cuillerée de soupe.

— En même temps, je sais que les adolescents cachent souvent parfaitement leur jeu.

Un jour, quand Edi et moi étions en seconde, nous avions parcouru le kilomètre qui séparait son appartement du mien, nous arrêtant tous les cent mètres pour vomir la vodka que nous avions volée dans le garde-manger de ses parents. Nous étions sûrement habillées comme Madonna dans *Recherche Susan désespérément* : les cheveux retenus en arrière par des foulards noués autour de la tête. J'ai raconté à ma mère que nous avions attrapé un virus intestinal. « Toutes les deux en même temps ? s'était étonné mon père, devant la porte de la salle de bains où Edi était allongée, gémissante, dans la baignoire vide, et où je faisais la même chose, la joue collée au carrelage froid du sol. « Quel drôle de hasard », avait-il conclu d'un ton doucereux, avant de s'éloigner. Nous étions l'exemple même des adolescentes qui cachaient très mal leur jeu.

— Son père gère un centre d'accueil pour les drogués et personne ne peut me reprocher d'être une mère hélicoptère en ce moment…

— Je suis désolée, Ash, dit-elle, avec une grimace coupable.

— Oh, mon Dieu, non ! Ce n'est pas ta faute. Je voulais parler du travail et d'autres trucs qui me préoccupent…

Des trucs comme le fait que ma meilleure amie est mourante. Et que je couche avec son frère, entre autres.

Edi secoue le tube de sa gastrotomie comme s'il s'agissait d'un stylo-bille qui écrit mal. Il y avait un champignon coincé dedans. Nous regardons le liquide se remettre à circuler avec un petit chuintement.

— Berk, dit-elle, voyant la stomie se remplir de soupe.

Quand nous étions ados et nous adonnions à divers troubles alimentaires, nous rêvions d'être équipées de ce genre de dispositif. Je me souviens qu'Edi m'avait lancé un jour : « Si seulement on pouvait manger tout ce qu'on voulait sans grossir parce que tout irait dans un sac en plastique au lieu de ton estomac ! » Je me retiens pour la millionième fois de le lui rappeler.

À la place, j'évoque un autre souvenir commun :

— On dirait M. Assoiffé ! dis-je, faisant allusion à la pompe à salive du dentiste qui nous soignait quand nous étions petites.

— Oh, pitié ! C'est exactement comme M. Assoiffé ! En pire. Comme s'il était *très* assoiffé. Comme s'il était si monstrueusement assoiffé qu'il finissait par aspirer le contenu de ton estomac.

Je ne peux m'empêcher de lui poser la question qui me brûle les lèvres, bien que j'en connaisse la réponse.

— Tu penses que le Dr Zolgati t'a agressée ?

Notre dentiste est connu pour avoir été accusé de sédater des enfants afin de les agresser sexuellement. Il est également connu pour s'être tiré une balle dans la tête, ce qui n'a rien fait pour rassurer nos parents.

— Non, je ne crois pas, répond Edi. Il me semble qu'il a surtout agressé des garçons. Je n'y pense pas trop. Mais mettons que, pendant que je hurlais de rire sous l'effet des gaz qu'il nous faisait respirer, il s'occupait de mes dents avec sa fraise d'une main… et glissait l'autre dans mon short Minnie. C'est un peu comme un arbre qui tombe quelque part mais que personne n'entend, non ?

— Ouais. Pareil pour moi.

— Pourquoi fais-tu cette tête, Ash ? Qu'est-ce qu'il y a ?

Je dois avoir un sourire béat à faire peur.

— Rien. C'est juste que… je t'aime tellement.

— À cause de ce que je pense du fait que notre dentiste nous a peut-être pelotées ?

— Sans doute à cause de ça aussi, oui.

Plus loin dans le couloir, Ruth applaudit. Les premières notes d'*Un violon sur le toit* s'élèvent et Farrah Fawcett détale, suivie de Pinky Pie. Dans la chambre d'en face, le bébé se met à pleurer. Sa mère crie :

— Est-ce que quelqu'un peut baisser le son ?

— Oh, Ash… hoquette Edi, angoissée.

— Je sais.

Le bébé hurle de plus belle. Pinky Pie saute sur mes genoux et une terrible odeur envahit la chambre.

— Je sais, dis-je, m'éventant de la main, les larmes aux yeux. C'est insupportable.

7.

— Pourquoi fais-tu un tel vacarme ? demande Belle à Thumper, qui, couché sur sa poitrine, lui ronronne au visage.

— Tu fais trop de bruit. Où est passé ton frère ?

Elle appelle Jelly qui saute sur ses genoux et prend ses aises. Tel un monarque assiégé, Thumper quitte sa couche moelleuse et s'étale sur mes seins.

— Tu es tellement maigre, reproche Belle à Jelly. Tu n'as pas intérêt à vieillir ou il va t'arriver des bricoles.

Elle l'attrape par les joues et dépose des baisers sur son museau.

Nous sommes allongées dans mon lit, comme souvent lorsque nous sommes seules à la maison, ces derniers temps. Nous avons pris l'habitude de manger ici : signe d'un relâchement qui laisse présager un futur peuplé d'ordures et de rats, mais je n'ai pas assez d'énergie pour résister au mouvement. Belle tend au chat une part de la pizza aux olives que nous nous sommes fait livrer.

— Dis, Bellissime. Tu veux bien m'expliquer pourquoi tu manques autant l'école ?

Belle mâche un bout de pizza, l'avale, et dépose un autre baiser sur le museau de Jelly.

— Pas vraiment. Et puis je ne manque pas tant que ça. Juste un peu.

Un minuscule grenat scintille au coin d'une de ses narines. Elle est si mignonne que j'ai dû mal à me retenir de lui pincer les joues, comme quand elle était petite. Et plus mon propre visage s'assèche, plus j'ai du mal à résister.

Elle me dévisage, les yeux plissés.

— Ne t'interdis pas de me pincer les joues !

— Je me retiens, là.

— C'est parce qu'elle est moins bizarre que moi que tu préfères Jules ? me demande-t-elle de but en blanc. Je comprendrais totalement… enfin, je veux dire, je comprends totalement.

— Mais pas du tout. Je vous aime aussi infiniment l'une que l'autre. C'est vrai qu'elle est un peu moins étrange que toi, mais il y a quelque chose de bizarre dans son manque d'étrangeté.

Je pense au mari normal de *Ma sorcière bien-aimée* – une référence que Belle ne saisirait pas. Jules pourrait être une version féminine ingénieure de Jean-Pierre.

— C'est vrai ! approuve-t-elle, ravie.

Mon téléphone tinte. C'est Edi.

Tu viens ? J'ai envie de me promener dehors.

Il gèle !

Je m'en moque.

OK. Je suis là dans 10 mn.

Belle lit par-dessus mon épaule.

— Tu m'accompagnes à Gracieuse ?

— D'accord, mais c'est moi qui conduis.

Dans les couloirs d'une unité de soins palliatifs, Belle paraît rayonner comme une ambassadrice du pays de la jeunesse. C'est presque indécent. Je me demande si j'ai bien fait de l'amener.

Elle se penche pour embrasser Edi, un peu intimidée. Gracieuse est un endroit si étrange d'un point de vue existentiel. Vous avez l'impression qu'il y a partout des bannières qui disent : ICI TOUT LE MONDE EST EN TRAIN DE MOURIR ! mais la plupart du temps, on parle de quesadillas, on se demande ce qu'on peut regarder sur Netflix, ou s'il reste une part de tarte.

— C'est la vie qui veut ça, non ? m'avait répondu Jonah quand je lui avais confié mon étonnement. On fait tout ce qu'on peut pour en profiter et s'amuser, en sachant qu'on finira par y passer.

J'avais rétorqué :

— Waouh, merci Jonah.

— *Too much fucking perspective,* Ash ?

Je ne sais pas pourquoi tous les hommes de ma vie aiment citer *Spinal Tap* à la première occasion.

Mais oui : un peu trop de perspective.

Violet entre au moment où Belle et moi aidons Edi à se lever.

— Elles vous enlèvent ? plaisante-t-elle.

— Ouaip. Enfin !

L'infirmière nous aide à démêler les tubes et les fils pour lui passer sa parka et ses pantoufles. Puis nous tentons de transporter Edi du bord de son lit au fauteuil roulant : une opération beaucoup plus épique qu'on ne s'y attendait. C'est un peu comme d'essayer de hisser une grosse valise à bout de bras dans un compartiment à bagage en hauteur. À la différence près qu'Edi est si fragile que ses os peuvent se briser comme du verre et que ses petits cris et ses grimaces de douleur nous serrent le cœur.

— Ed… dis-je, hésitante.

— Non, non. Ça va.

— « *To life, to life,* l'chaim *!* » chante Belle avec *Un violon sur le toit.*

Elle se tait soudain, après avoir jeté un œil dans la chambre d'en face.

— Un *berceau* ? murmure-t-elle.

J'acquiesce.

Elle accuse le choc.

Violet demande :

— Vous allez vous promener dans le jardin, n'est-ce pas ? Ça ne vous dérange pas de sortir Farrah un instant ?

Elle a hérité de la chienne d'un résident de longue durée décédé l'année dernière. Un vieux chihuahua a été adopté pour les mêmes raisons, mais il passe le plus clair de son temps recroquevillé sous le bureau des infirmières.

— Bien sûr. Vous voulez qu'on prenne Mini aussi ?

— Oh, non, il a trop peur du jardin. Bon, finissons de vous préparer pour cette promenade.

Le soleil se lève et se couche, se lève et se couche, les pages du calendrier s'envolent du mur, les roses s'ouvrent, fanent, perdent tous leurs pétales, la calotte glaciaire fond, le niveau des océans monte, et enfin Edi est prête à partir.

— Je crois que j'ai envie de faire pipi, dit-elle alors.

Je ris.

— D'accord.

Je me souviens d'un jour de neige il y a longtemps. Jules avait insisté pour s'habiller seule tandis que je changeais la couche de Belle, moulais ses petits bras potelés et ses jambes remuantes dans un Babygro en coton, fourrais son petit corps rondelet et laineux dans un nid d'ange, remontais précautionneusement les fermetures sur son ventre et sous les replis de son menton. Quand j'avais relevé la tête, Jules avait les deux pieds dans une jambe de sa combinaison d'hiver et elle s'était coincé une mèche de cheveux dans sa fermeture Éclair. Elle s'était débattue en hurlant tandis que j'essayais de la libérer.

— Moi toute seule ! sanglotait-elle, furieuse.

À force de cajoleries, j'avais réussi à la calmer. J'avais jeté un œil par la fenêtre, craignant que la neige ait fondu. Mais non ! Jules enfilait ses bottes, quand, secouant les bras et les jambes du tapis où je l'avais posée en attendant de calmer sa sœur, elle avait annoncé fièrement : « Mama, caca ! »

Appelée par un autre patient, Violet me lance :

— Utilisez le chapeau, vous voulez bien ?

Le chapeau est un genre de seau qui mesure le volume – et sans doute la composition – de vos urines. Mais quand j'ai enfin réussi à jongler avec le fauteuil roulant, la perf et les leggings d'Edi, la présence du seau l'empêche d'uriner.

— Désolée. J'ai un blocage, s'excuse-t-elle.

— Je t'en prie. Prends ton temps. Nous ne sommes pas pressées de rentrer à la maison et de broyer du noir.

Assise sur une chaise, Belle glousse en dégustant une des sucreries d'Edi, les yeux rivés sur l'écran de son téléphone. Sa décontraction allège tellement l'atmosphère que j'éprouve le besoin vital de lui exprimer mon amour. (Enfin, non, pas *vital.*) Alors je dis :

— Attention. C'est papa qui a apporté certaines de ces sucreries.

— Berk ! dit-elle en regardant l'emballage. Je pense que ce sont des Jelly Beans non végans.

— Oui, confirme Edi.

— Je peux manger un peu de ces fruits secs ?

— Naturellement.

— Pouah. Difficile d'imaginer plus déprimant que de la nectarine séchée.

Je croise son regard : Ah oui, même pas dans une *unité de soins palliatifs* ? Belle grimace.

— Tu plaisantes ? dit Edi.

Elle parvient à uriner trois gouttes.

— Tout ça pour *ça* ? dis-je.

Elle rit.

Nous sortons enfin dans le couloir, moi poussant le fauteuil roulant, Belle tirant la perfusion, Farrah sautillant à nos pieds, et sortons dans la nuit glacée, comme des coureurs passant la ligne d'arrivée.

— Oh, mon Dieu ! s'écrie Edi.

La voûte étoilée nous domine de toute son infinité étincelante. C'est d'une beauté à couper le souffle. À moins que ce ne soit le froid qui nous coupe le souffle. Sans doute les deux.

— Oh, mon Dieu, répète Edi. Ce sont les *plafonds*, le problème !

Son visage rayonne de joie, mais des larmes brillent dans ses yeux. Je grave cette expression dans ma mémoire… l'efface aussitôt, coupable, puis, paniquée à l'idée de la laisser m'échapper, la grave de nouveau.

Farrah se met à piétiner sur place, ses besoins accomplis.

— Je pense qu'elle a froid, dit Belle.

— Non, ne me ramenez pas là-dedans, supplie Edi. Oh, pitié, non. Emmenez-moi avec vous ! Kidnappez-moi, je vous en prie.

Je dois avoir une expression choquée car elle s'empresse de reprendre :

— Je plaisante. Ça fait un bien fou. C'est exactement ce dont j'avais besoin. Laissez-moi en profiter encore une minute.

Mais elle grelotte. Je m'accroupis derrière son fauteuil et l'enveloppe de mes bras. Belle m'enlace à son tour et je songe que, si nous étions une photo sur un album, la légende dirait : *L'étreinte multiple.* Farrah apparaîtrait souriante à nos pieds, comme si elle comprenait la plaisanterie.

— OK. C'est bon, finit par déclarer Edi, claquant des dents.

Et nous, nous regagnons les couloirs bien chauffés, lumineux et animés de Gracieuse, parcourus d'une bonne odeur de cookies aux flocons d'avoine et résonnant d'une chanson sur la résilience et l'optimisme à vous briser le cœur.

— *Merveille des merveilles, miracle des miracles,* entonnent Edi et Belle, accompagnant le héros d'*Un violon sur le toit.*

Oui, il y a un peu de ça aussi.

8.

Parce que nous sommes au milieu de la journée, je ne m'attends pas du tout à voir Belle débarquer dans ma chambre.

— Oh, pitié, maman ! Ferme cette fichue porte à clé quand tu n'es pas seule ! Attends un peu... C'est *une femme* ?

Elle approche et me donne un petit coup de poing dans l'épaule.

— Mademoiselle Norman, c'est vous ?

— Salut, Belle.

Je lâche :

— Et, merde.

— Tu es vraiment obligée de coucher avec mon ancienne prof de gym ? À quoi tu joues ? À la mère bisexuelle d'un soap-opéra ?

— Prof *remplaçante,* précise absurdement Mlle Norman.

— Je pensais que vous coachiez une équipe féminine à l'université, maintenant ?

— Oui, c'est ce que je fais.

— Mlle Norman – enfin, Jen – fait également du bénévolat à Gracieuse. On s'est rencontrées là-bas.

— Passionnant ! Mais je ne pense pas que le moment soit bien choisi pour discuter de ça.

Belle cueille Jelly sur la commode, sort et ferme la porte derrière elle.

— Merde.

— Je suis désolée, dit Jen.

— Non, non. Tu n'y es absolument pour rien. Et puis le fait que tu sois une femme est une circonstance atténuante, *mademoiselle Norman.*

— J'espère que je valais le coup, au moins, me taquine-t-elle, se remémorant sans doute mes hurlements de coyote chutant dans un canyon.

— Sans aucun doute.

J'évite de lui parler de la fatigue qui m'a terrassée sitôt mon désir brûlant, irrésistible, assouvi (désir de n'importe qui, en réalité). J'avais seulement envie d'enfiler mon pyjama en flanelle, de le boutonner jusqu'au cou, de me coller contre elle et de dormir. Je pense qu'elle peut se passer de cette information.

Pour la millionième fois, je me demande ce qui ne tourne pas rond, chez moi. Quand j'avais douze ans, la mère de mon ami Paul, qui rédigeait un mémoire de psychologie, avait demandé à mes parents l'autorisation de m'utiliser comme cobaye. Elle m'avait fait entrer dans son bureau aux murs noirs, et avait fait défiler des taches d'encre dans le halo de sa lampe en cuivre. J'étais censée lui dire ce que je voyais dans ces formes sans m'inquiéter de ce qu'elle pourrait penser. Je ne devais pas me censurer du tout ! Seulement, ce que je voyais, c'était une femme qui se faisait monter par un cheval. Une gigantesque érection pointée entre deux fesses rugueuses. Et quelque chose qui coulait du vagin de la dame ! Je ne possédais même pas le vocabulaire pour exprimer ce que je voyais, et je n'en avais pas besoin, d'ailleurs, parce que je n'avais aucune intention de formuler ça.

— Une libellule ? avais-je proposé, désignant une image symétrique. Et quelqu'un qui joue du clavecin ? en découvrant la suivante.

Elle avait hoché la tête et souri, convaincue de mon innocence.

Des décennies plus tard, alors que je buvais des Manhattan dans un bar avec Paul, je lui avais confessé que, sans le savoir, sa mère m'avait prouvé que j'étais une collégienne perverse. Elle était morte depuis longtemps, à l'époque. Il avait ri à gorge déployée.

— Oh, elle est connue pour cette expérience ! Elle avait transformé des photos pornographiques en images de Rorschach. Ce n'était pas ta faute. Elle travaillait sur le sexe et la honte.

À l'époque, j'avais trouvé que ce malentendu était une bonne métaphore de l'idée que je me faisais de moi-même.

— Dès que j'aurai terminé de t'admirer en train de réunir tes cheveux en queue-de-cheval, je filerai pour sortir mes chiens, me lance Mlle Norman. Ah, les filles et leurs cheveux !

Je rétorque du tac au tac :

— Ah, les butchs et leurs cheveux.

Elle rit.

— Ouais, moi aussi, j'ai un ou deux trucs à faire, dis-je.

Elle enfile son jogging gris et me plante un baiser sur la joue.

Je lui demande :

— Tu m'appelles ?

Elle répond :

— Bien sûr. Prends soin de toi, Ash.

Après son départ, j'écris à Belle :

Tu n'es pas partie ou tu es déjà de retour de l'école ? Et : *Désolée pour Mlle Norman !*

Pourquoi ma vie ressemble-t-elle à ce point à un épisode de *Vivre à trois* ?

J'envoie à Jonah et Jude un bref compte rendu du dernier bilan électrolytique d'Edi.

Nouvelle idée de restaurant, répond Jonah. *Magnésium ! Au menu : okra, maquereau et blettes.*

Miam.

À Chou, j'écris : *Des progrès sur le front du Gâteau ?*

Il connaît une personne qui connaît quelqu'un qui a peut-être travaillé chez Dean & DeLuca dans les années 1990. Il a promis d'explorer cette piste.

J'avance, répond-il aussitôt. *Je te raconte quand on se voit.*

Magnésium ! persiste Jonah.

Rentrée de l'école, répond Belle.

Jules m'informe qu'elle a assuré à son examen sur la théorie des anneaux. Je la récompense d'un émoji trophée, d'un donut, d'un bagel, d'un Hula Hoop, et d'une bouée.

Je lis des messages de soutien de mes amis. Certains ont déjà vu Edi, mais ne la connaissent pas très bien. Ils me proposent des déjeuners, des promenades, des câlins, des verres de consolation. Tout ce qui pourrait m'aider à tenir le coup.

Je réponds au groupe :

Je vous aime, les copains. Ça va. Je vous retrouve de l'autre côté du tunnel.

Jules me demande son numéro de Sécurité sociale. J'écris sans réfléchir :

Ne le donne à personne.

Oups, je viens de le poster sur les réseaux sociaux.

Très drôle !

Je sais.

Elle ajoute que nous lui manquons tous : son père, Belle, les chats et moi. Je lui réponds longuement pour lui expliquer que son absence me donne l'impression d'avoir une zone vide dans le cœur, puis efface le message et le remplace par :

Tu nous manques aussi.

Comment va Edi ? s'enquièrent mes parents. *Et les enfants ? Et toi ? Et Chou ?*

Je leur réponds que nous allons tous bien. Que ça va moyennement pour Edi.

On ne peut pas s'attendre à ce qu'elle aille très bien, commente mon père.

Ils ont du mal à se faire à l'idée qu'Edi soit si malade, si jeune, alors que leurs vieilles carcasses résistent contre vents et marées. Ils supportent à peine de me demander de ses nouvelles.

Jules a bousillé mon compte aol, poursuit mon père. *Je sais qu'elle voulait juste m'aider, mais maintenant, je reçois les e-mails de ta mère.*

C'est parce que vous avez un compte commun, maman et toi.

Mais ce n'est pas grave. Je sais qu'elle ne l'a pas fait exprès, insiste-t-il, borné.

Tu arrives à dormir un peu, ma chérie ? me demande ma mère.

Totalement !

Elle me traite de menteuse et m'envoie une douzaine de cœurs et un soleil.

Je conclus : *Merci de prendre des nouvelles,* et range mon téléphone.

Mes parents ont un gros faible pour Chou. Pourtant, ils s'étaient montrés très réticents au tout début de notre relation.

— Il a l'air tellement posé, avait déclaré mon père à l'époque, mi-soupçonneux, mi-indigné. Et d'où sort-il ce prénom ?

Je lui avais expliqué que ses parents ne cessaient de l'appeler « mon chou » quand il était petit : « Bonne nuit, mon chou », ou : « Doucement avec le ketchup, mon chou », si bien que lorsqu'on lui avait demandé son nom, le premier jour de crèche, il avait répondu « Chou ». Plus tard, il lui avait semblé que ce n'était pas pire que Gator, son véritable prénom – tout aussi étrange pour mon père, comme on pouvait s'y attendre, et que je n'avais aucun moyen de justifier. Depuis que nous sommes séparés, ils lui témoignent une affection sans mélange. Parce que c'est un père merveilleux, sans doute. Et parce qu'ils supposent (à raison) qu'il n'est pas responsable de notre séparation.

La version courte est que (surprise !) je l'ai trompé. Mais c'est un peu plus compliqué que ça. Mon amour de jeunesse était de passage en ville pour participer à une conférence. Il venait de divorcer, m'avait déjà envoyé quelques e-mails enamourés, et soudain, il était là, à un kilomètre de chez moi. Il m'avait téléphoné de l'hôtel où il était descendu.

Je me sentais terriblement seule. À cette époque, quand nous n'enchaînions pas les disputes stériles (« Si tu t'étais excusée au lieu de bla-bla-bla, je n'aurais pas bla-bla-bla »), Chou et moi nous enfermions dans des silences polaires, tels deux explorateurs à court de vivres sur le point de s'entre-dévorer. Les filles étaient accaparées par l'adolescence et Edi venait d'être diagnostiquée. J'ignore si le contexte y est pour quelque chose, tout ce que je sais, c'est qu'il m'a appelée de son hôtel à ce moment-là.

Il a dit :

— Salut, Ash.

J'ai répondu :

— Luca. Non…

Il a ri.

— Non, quoi ?

— Je ne sais pas. Juste non, ai-je rétorqué, faisant les cent pas dans ma chambre. Et salut aussi.

Je me suis assise au bord du lit et je me suis frotté les yeux. Quand je les ai rouverts, tout était brouillé et gris.

Il a dit, ou plutôt, il a *gémi* :

— Viens.

Et moi :

— Je ne peux pas, Luca.

— Bien sûr que si, tu peux.

Je me le suis représenté à dix-sept ans. Grand gars maigrichon, insatiable, rebelle et téméraire.

Et j'ai cédé. Je suis allée le retrouver.

Ce n'est arrivé qu'une fois, mais, après ça, je ne pouvais plus supporter la vie avec Chou. Mon mari m'aimait, certes, mais je voulais qu'un homme me tienne éveillée toute la nuit. Je voulais m'assoupir entre des bras passionnés et me réveiller en sentant des doigts émerveillés suivre le contour de mon visage. Chou était trop rationnel pour ça. Et trop abîmé, à certains égards. Enfant, il avait regardé sa mère s'enivrer jusqu'à ce que mort s'ensuive, et appris à ne pas trop ressentir. À détourner les yeux. Il avait beau être chaleureux et accommodant (à la différence des maris de mes amies, il ne passait pas son temps à baisser rageusement le chauffage), il semblait avoir appris tout ce qu'il savait de la séduction dans les vieux films de Chevy Chase. « Je peux t'emprunter ta serviette une seconde ? » était son entrée en matière classique, quand j'émergeais de la douche. Belle et Jules continuent à le taquiner parce qu'il utilise un collyre appelé Fausses Larmes pour remédier à ses problèmes de sécheresse oculaire.

Chaque fois qu'il s'en verse quelques gouttes dans les yeux, elles s'écrient : « Oyez, oyez ! Papa va faire semblant d'éprouver un sentiment ! »

J'ai avoué à Chou que j'avais passé la nuit avec Luca. Je lui ai confié que je me sentais seule, que je n'avais pas l'impression d'être follement aimée. Ça l'a rendu malheureux, un moment. Plusieurs jours. Mais il n'a posé aucune question et a fini par s'en remettre. Bientôt, il recommençait à siffler « Walking on Sunshine » en détachant patiemment des stalactites de notre toit.

— Tu n'es pas en colère ? lui avais-je demandé.

Il avait haussé les épaules.

— Je voudrais que tu sois fou de moi, avais-je insisté.

— Je sais. Mais tu veux aussi de l'espace pour t'entendre penser et pour travailler. Tu veux être libre. Tu as besoin de souffler parfois. Et tu me détesterais si je t'étouffais.

Il avait poussé un soupir las et repris :

— Je t'aime, mais tu me demandes l'impossible, Ash, avait-il conclu.

Il avait raison.

Mais je continue à vouloir l'impossible.

9.

La chambre d'en face est vide. Le berceau a disparu et une veilleuse à pile a été déposée sur le pas de la porte pour signaler son départ. Je ferme les yeux de toutes mes forces, le cœur lourd, et dépose sur le visage poupin qui m'apparaît des images d'anges et d'étoiles. C'est abominable. Insupportable. Pourquoi continuons-nous à aimer, pauvres créatures idiotes que nous sommes ?

Quand Jules est née, j'étais si terrifiée à l'idée de la perdre, que j'ai fini par songer : *si elle meurt, je n'aurai plus à vivre avec cette peur constante.* Je dis que j'ai fini par *songer*, mais il se trouve que Chou était présent et que j'avais songé à voix haute.

— Mince, Ash ! On va trouver un moment pour que tu fasses la sieste aujourd'hui, avait-il rétorqué.

Aujourd'hui encore, je pense que je préférerais me scier les jambes avec un couteau à pain, de manière préventive, que de devoir vivre dans la crainte de les perdre dans un quelconque accident. C'est de vivre dans l'attente d'une catastrophe que je n'arrive pas à supporter. De vivre avec une épée de Damoclès au-dessus de la tête. Comment peut-on s'habituer à ça ?

— Quel jour est-on ? me demande Edi, lorsque j'ai suffisamment retrouvé mes esprits pour entrer dans sa chambre.

— Jeudi ?

Je me débarrasse de ma parka.

— Vendredi ? Oui, vendredi.

— Non. Quelle date ?

Il n'y a pas de pendules ici. Ni de calendrier. Imaginez un casino sans jeux, ni cocktails. Je jette un œil à mon téléphone.

— Nous sommes le 20 février.

— Ça fait un mois que je suis ici, calcule-t-elle.

— Tout juste.

Je prends un ton léger, comme si je ne saisissais pas le sous-entendu. Son visage est enflé aujourd'hui. Ses dents paraissent énormes.

— Tu as déjà écrit mon éloge funèbre ?

— Edi ! Bien sûr que non !

— Mais tu y as réfléchi, n'est-ce pas ?

— Pas vraiment.

Elle sourit.

— Tu voudras bien éviter d'essayer de séduire toute l'assistance ?

— C'est rude, lui dis-je, retenant un : *Pour qui tu te prends ?*

— Sérieusement. Tu me le promets ? insiste-t-elle. Tu voudras bien faire en sorte que mon éloge funèbre parle de *moi* ?

C'est sans doute une allusion au discours que j'ai fait à son mariage qui, pour l'essentiel, vantait les mérites de l'excellente amie que j'avais toujours été pour elle, et qui, au contraire de ce quasi-inconnu qu'elle avait épousé, était capable d'énumérer ses parfums de Jelly Beans préférés (pomme, cerise, pastèque) et ses épisodes d'*Urgences* préférés dans l'ordre. Une amie qui se trouvait être la seule personne au monde à connaître le butin de son unique vol à l'étalage : un brillant à lèvres roll-on parfum chewing-gum. Jude et Edi avaient beau être pliés de rire, je sentais que j'avais poussé le bouchon un peu loin.

— C'est promis. Je veillerai à ce que ton éloge funèbre ne parle que de toi.

— Et tu penseras à parler... de ma carrière ?

Bien sûr que oui ! Enfin, je n'y avais pas pensé, mais évidemment. Jude et Edi sont tous deux réalisateurs de documentaires. Ils se sont rencontrés au boulot. Edi est douée pour recueillir les témoignages de gamins trans sans abri, de prisonniers attendant leur exécution dans le couloir de la mort, de juges candidats à la Cour suprême, de pédophiles auteurs de livres pour enfants (bon, elle n'a recueilli qu'un témoignage dans cette dernière catégorie). Elle les interroge, ils se racontent, et ils finissent par pleurer ensemble.

Une fois, Jude et elle ont filmé une soirée au cours de laquelle un poète célèbre demandait à chaque convive ce qu'il ferait à la veille de l'inévitable apocalypse.

« Vous, là ? » m'avait-il alpaguée. J'avais sursauté, laissé échapper un « Zut ! » et avais répondu que je me voyais bien avec un tablier taché, faisant rôtir du kebab d'écureuil sur une poubelle en fer pour les gamins du quartier. Il m'avait adressé une moue, comme pour dire : *Donc, votre train-train ordinaire.* Il s'était tourné vers un collègue poète qui lui avait répondu d'une voix doucereuse qu'il se défoncerait et s'enverrait en l'air avec des gars sexy aux bras musclés jusqu'à ce que des zombies viennent les prendre, s'ils n'étaient pas morts d'une overdose avant. À ce moment, dans le documentaire, on me voit entrer dans le cadre et lancer :

— Pareil ! C'est exactement ce que j'aurais voulu dire !

Et on entend le rire d'Edi.

Je rétorque :

— Quelle mouche t'a piquée ? Tu as passé une sale journée ?

— Si j'ai passé une sale journée ? Dans une unité de soins palliatifs ?

Alors je monte me coucher à côté d'elle et lui parle de l'opération Le Gâteau, comme on détourne l'attention d'un enfant triste avec, mettons, un sachet de raisins secs. Et vous savez quoi ? Un sachet de raisins secs n'a pas le pouvoir d'égayer une personne triste. Et encore moins une personne mourante. (Ni même une personne tout court ?) Mais Edi se montre intéressée par l'histoire du Gâteau. Alors je lui explique que nous avons retrouvé la trace d'une certaine Daisy Goldstar qui, à en croire la source de Chou, aurait travaillé comme pâtissière chez Dean & DeLuca à l'époque qui nous intéresse.

— Je l'ai cherchée sur Google. Elle a un blog de pâtisserie et écrit des livres de cuisine. Je n'ai pas trouvé de recette de gâteau à la polenta, mais je lui ai envoyé un e-mail. Elle devrait me répondre.

— J'espère que tu t'es montrée persuasive.

— Oui.

— Tu lui as dit que j'étais mourante ?

— En tout cas, j'ai suggéré qu'il était possible que tu meures à un moment ou un autre.

Edi semble satisfaite de ma réponse. Je me penche pour attraper mon sac, que j'ai posé par terre.

— Au fait ! J'ai apporté du vernis à ongles.

Encore la tactique des « raisins secs ».

— Ooh ! Youpi ! Quelle couleur ? Montre-moi tout ça !

Je tire la table à roulettes et aligne les flacons devant elle. Je me suis arrêtée à la parfumerie sur la route, et j'ai opté pour un rose perle, un rouge classique, un autre à paillettes et un dernier gris ardoise.

— Celui-ci, choisit-elle, me désignant ce dernier.

— Bon choix, dis-je comme une serveuse à qui l'on vient de commander des spaghettis à l'encre de seiche.

Elle rit.

Olga passe la tête dans la chambre.

— Activité *Salon de beauté* ! Ça plairait beaucoup à Ruth. Je peux l'amener ?

— Bien sûr ! dis-je.

L'infirmière disparaît, aussitôt remplacée par Cedar qui demande à Edi si elle se sent d'humeur à écouter un peu de musique. Il m'affirme que l'odeur des vapeurs toxiques de vernis qui risquent de lui liquéfier le cerveau ne le dérange pas, et cherche dans son téléphone les paroles de la chanson de Stevie Wonder qu'Edi lui demande. « Heaven Is 10 Zillion Light Years Away ». La partition est trop illisible pour qu'il la joue à la guitare, mais il la chante *a cappella* pendant que je peins les ongles d'Edi.

— Je suis si incroyablement douée pour ça ! dis-je, après avoir passé la seconde couche et soufflé dessus.

Edi lève les yeux au plafond, puis concède :

— C'est vrai.

Olga réapparaît, poussant le fauteuil de Ruth.

Je lance :

— Yes ! Que la fête commence !

— Quelle fête ? questionne la vieille dame. Celle de Junior ?

— Oh, non, juste le vernis à ongles et la musique, dis-je, un peu gênée.

À ma grande surprise, elle choisit également le vernis gris foncé. Encore un *a priori* erroné pour moi !

Je me souviens qu'un professeur d'écriture créative de l'université nous avait conseillé un jour de ne jamais décrire les mains d'une personne âgée dans un texte. Pour lui, c'était voué à sonner comme un cliché. Pour illustrer son propos, il avait gémi : « Oh, si vous voyiez les pauvres mains de ma grand-mère ! Toutes ces veines. Et cette peau parcheminée ! Elles sont si abîmées ! Je l'aime tellement ! Et elle va mourir ! »

Un vrai trouduc ! comme dirait Belle. Mais c'est resté gravé dans ma mémoire. Si bien que je me contenterai de dire que Ruth a les mains d'une personne âgée. Elles sont tellement usées par les années, en fait, que j'ai du mal à distinguer les contours de ses ongles. Elle se laisse faire, les yeux fermés, et je m'applique, craignant de broyer ses phalanges aussi fragiles que des bébés gerbilles.

— Voilà !

Et elle rouvre les yeux, admire ses mains, et applaudit.

— Merveilleux !

Applaudir n'est jamais une bonne idée après une manucure, mais elle est ravie. *Merveille des merveilles, miracle des miracles !* semble exprimer son sourire radieux.

— Dites, ma belle. Auriez-vous la gentillesse d'aller me chercher un ginger ale, je vous prie ? Light. Je suis au régime.

— Oui, bien sûr ! Avec plaisir !

Light ?! Je file à la cuisine, lui sers un verre du soda demandé, étire le couvercle en caoutchouc sur le gobelet, plante une paille coudée dans le trou et regagne la chambre au pas de course. Seulement, il y a un principe physique à l'œuvre que je n'ai pas pris en compte : lorsque je tends le gobelet à Ruth, la boisson jaillit par la paille et éclabousse son gilet blanc et ses pantoufles en tissu éponge.

— Merde ! Euh, pardon. Nom d'une… Oh, je suis désolée, Ruth.

— Allons, ce n'est rien, m'apaise-t-elle, essuyant le ginger ale avec un mouchoir en papier, puis écartant les doigts pour admirer ses ongles vernis.

Je m'attaque ensuite à ceux de Cedar – qui a choisi le rose pâle – tandis que Ruth sirote ce qu'il reste de sa boisson en échangeant des commérages sur les chiens de l'unité avec Edi.

— Ah, vous voilà ! s'élève la grosse voix du Dr Soprano, occultant l'encadrement de la porte de son corps massif. Je ne vous ai pas trouvée dans votre chambre, dit-il à Ruth. Bonjour tout le monde !

Je ne sais pas si tous les médecins d'unités de soins palliatifs lui ressemblent, mais celui-ci affiche une décontraction très communicative. *Qu'est-ce qu'il pourrait arriver de pire ?* semble suggérer sa bonhomie. J'ignore si ses patients sont du même avis, mais je trouve cela étonnamment réconfortant.

— Je suis venue voir les jeunes, lui explique Ruth.

Il la gratifie d'un de ses rires tonitruants.

— Eh bien, les jeunes, je vais devoir vous priver de cette dame une petite minute, annonce-t-il.

Ruth nous salue de la main tandis qu'il la pousse hors de la chambre.

Et, soudain, Jonah est là, les joues rougies par le froid, chassant des flocons de son crâne chauve. Edi rayonne :

— Te voilà ! Youpi !

Il nous explique qu'il s'embêtait tellement au boulot qu'il a arrêté de bonne heure et pris la route.

— Avec ta Chivas Regal ?

— Tu confonds avec Cutlass Supreme, me répond-il pour la énième fois, se débarrassant de son blouson. Et ce n'est pas non plus la marque de ma voiture, parce que je ne suis pas ton grand-oncle Saul.

Il nous embrasse, dit à sa femme qu'elle a une mine splendide, et vide le contenu d'un sac de provisions de chez Russ & Daugthers. Des rugelach et des bagels, du lox et du cream cheese, de la morue charbonnière fumée, des harengs au vinaigre et une boîte de caviar que l'on pourrait raisonnablement qualifier de *seau* de caviar.

— Mon Dieu, Jonah. Tu as pris une pelle pour servir ? dis-je.

Il hausse les épaules.

— J'ai les moyens, pourquoi se priver ?

— Tu crois que j'aime le caviar ? demande Edi.

On va vite le découvrir.

Les effluves de saumon attirent le Dr Soprano.

— Eh bien !

Ses yeux pétillent à la vue du pot de lox. Il se lave les mains dans le lavabo, les sèche, et attend d'être invité à se servir, ce qui ne tarde pas. Il étale alors une couche de cream cheese sur un demi-bagel, dépose du saumon dessus et le saupoudre de quelques grains de caviar. Je l'imite, et, pendant les secondes qui suivent, tout le monde se régale sans trop parler.

— On dit *l'homme en boîtes de conserve* ? demande Edi, de but en blanc.

Nous arrêtons tous de manger. Redressée dans son lit, elle grignote un rugelach en nous observant comme si nous étions un tableau abstrait.

— Je veux parler du personnage du *Magicien d'Oz*.

— Non, je crois que c'est juste l'homme en fer-blanc, dis-je, avant d'avaler ma dernière bouchée de bagel.

— Ça existe en vrai ?

— Pas à ma connaissance.

— Mais les lions et les épouvantails existent. Et les fillettes et les chiens, aussi. Pourquoi cette chose qui n'existe pas ?

C'est une bonne question.

— Aucune idée.

— On n'a aucune chance de rencontrer un homme fait de boîtes de conserve en se promenant dans les bois, pas vrai ? insiste-t-elle.

Nous en convenons tous.

— Ouf ! Quel soulagement, pas vrai ?

En quelque sorte, oui.

Je coule une œillade au Dr Soprano qui sourit machinalement, les yeux rivés sur la perf d'Edi.

— Je pense que cette jeune fille a besoin d'un peu de magnésium ! décide-t-il soudain.

— Prends du lox, Edi, enchaîne Jonah. C'est la meilleure spécialité juive.

— Non merci. J'ai une autre question. Ça s'appelle la *Jamaïque* ou la *Croatie* ?

Euh, ça dépend… La *Jamaïque*, si elle parle de l'endroit où s'est marié son cousin. Jonah choisit ce moment pour se lancer dans le récit apocryphe de la mésaventure d'une grand-tante d'origine russe qui avait pris un avion pour Newark, pensant s'envoler pour Manhattan.

— New*ark*, New *York*, prononce Jonah, avec un fort accent russe. Elle n'a pas réussi à trouver l'Empire State Building, mais elle a quand même apprécié son séjour.

Assise à côté du lit, Farrah couve Edi du regard.

— Tu n'es qu'une mendiante de fromage, la réprimande Edi. Tout comme toi, Ash.

— Je plaide coupable ! Donne-moi un petit morceau de cheddar et je...

— Hé ! lance Jonah. J'ai failli oublier. J'ai du chocolat aussi !

(Encore des raisins secs.)

Il fouille dans une poche de son blouson et en sort un bout de papier plié en huit.

— Oh, et j'ai un message de Dash.

Les yeux d'Edi se mettent à briller et elle secoue la tête.

— Non, Jonah, murmure-t-elle, les larmes roulant sur ses joues.

— D'accord. On le garde pour plus tard.

Il s'assoit sur le lit de son épouse, qui pose la tête sur son épaule.

— Oh, Jonah...

Il l'enveloppe de ses bras.

— Je sais, ma chérie. Je sais.

Edi est arrivée ici en ambulance, il y a un mois déjà. Juste avant d'être installée dans le véhicule, elle avait dit au revoir à son fils. Son beau garçon aux yeux marron. L'assistante sociale de l'hôpital l'avait aidée à planifier le moment. Il était important de lui faire comprendre que sa maman l'aimerait toujours, et surtout de lui permettre de conserver de ce moment un souvenir bien rond et facile à chérir : un peu comme un biscuit en forme de cœur détaillé à l'emporte-pièce et nappé d'un joli glaçage – et non comme un cœur réaliste plein d'artères dégoulinantes de sang.

— Comment ça s'est passé ? avais-je demandé à Jude, quand il m'avait appelée, le soir.

— C'était aussi difficile que tu peux l'imaginer.

Et elle avait dû se séparer de son mari. L'homme auprès duquel elle avait passé des dizaines de milliers de nuits et les années les plus merveilleuses de sa vie. Avec lequel elle avait eu ses plus grands éclats de rire. Ça paraissait inimaginable. Irréel. (Il lui avait dit « À bientôt ! », riant et pleurant à la fois, m'avait-il confié.)

Mais c'était surtout à Dash que nous pensions ce soir-là. Nous nous représentions un ciel rempli d'étoiles scintillantes, comme autant de balises éclairées par l'amour maternel. Des galaxies entières. Une lumière éclairant l'avenir. Mais sans le contact. Sans la présence.

Plus là.

10.

Jonah est toujours à Gracieuse, et Belle a insisté pour qu'on sorte faire une promenade dans les bois, au bout de notre rue. C'est la meilleure idée qu'elle ait jamais eue. Le ciel évoque une granita grise. Il fait si froid et si humide que mon cerveau se pétrifie à chaque nouvelle bourrasque. Je me prends la tête entre les mains, gémissant.

— Oh, maman ! Ne me fais pas une crise cardiaque, je t'en prie !

— Mais non, ne t'inquiète pas. C'est super !

D'immenses V formés par des oies se croisent dans le ciel. Étrange : elles partent ou reviennent ? Difficile à dire, à les voir filer dans deux directions opposées. Leurs cris résonnent à nos oreilles comme des interpellations surprises : *Où vous allez, les gars ?*

Les saules pleureurs virent déjà à l'or dans la lumière de cette fin de février. Je raconte à Belle que j'ai entendu un hibou la nuit dernière. Thumper et Jelly étaient comme statufiés sur le bord de la fenêtre.

— Tu penses qu'ils réagissaient en prédateurs ou en proies ? me questionne-t-elle.

— Je ne sais pas. Peut-être un peu des deux.

— Et tu ne penses pas qu'on devrait plutôt dire faune intestinale que flore intestinale ?

— Non.

— Je suppose que faune serait un peu tiré par les cheveux. Ce n'est pas comme si on avait des daims, des putois où je ne sais quoi d'autre là-dedans.

Nous parlons un peu de l'article que je suis en train d'écrire. Il s'intitule « Faire avec ce qu'on a ». Belle a un sourire en coin, songeant sans doute au départ de son père et à ma manière de faire avec ce que j'ai sous la main.

— C'est un listicle ? s'enquiert-elle, comme si c'était un gros mot.

Non. J'y explique comment se préparer un bon dîner avec une conserve et une denrée sèche.

— Comme des tomates et du riz. Ou des pois chiches et des nouilles.

— Ça ne fait pas trop envie. Mais ça paraît moins déprimant que ton dernier sujet.

C'était un article intitulé « Séchez vos larmes : Tout ce qu'on peut faire avec du lait qui a débordé ». Et c'était un listicle.

— De bonnes nouvelles sur le front du boulot ?

Elle cherche un job d'étudiant.

— Si on veut. Papa va me recommander à un traiteur. À part des gens qui recherchent des jeunes disposés à venir nettoyer leur bassin à poissons tout nus, je n'ai rien trouvé sur Craiglist.

Je pouffe.

— Ça paie bien au moins ?

— Pas autant qu'on pourrait l'espérer.

Nous parlons un peu de l'université : un sujet de préoccupation pour Belle.

— D'ici un an, toutes mes candidatures seront envoyées. Je veux dire – je touche du bois, mais c'est dingue, non ?

Elle voudrait aller dans une université pour femmes (« À quoi bon être lesbienne sinon ? » dit-elle) et son père et moi adorons l'idée. Lors de la dernière Foire aux universités de son lycée, j'ai entendu une autre mère soupirer :

— Mon Dieu. Je ne pense pas posséder l'énergie qu'il faudrait pour supporter le récit de rendez-vous qui finissent en viol un soir sur deux !

Chou avait eu la bonté de sourire et les autres mères s'étaient éloignées pour aller chercher des interlocutrices plus consensuelles.

Je me retiens de gémir « Ne me quitte pas » et lance d'un ton enjoué :

— L'université, déjà. Incroyable.

Nous pataugeons joyeusement dans la boue, respirant l'air frais aux relents métalliques. Je revois Belle, enfant, dans ces bois devant son père et moi, ses petites mitaines pendant de ses manches et son bonnet bleu à pompon sur la tête. Je la revois faire volte-face et se précipiter dans les bras de son père, qui la soulevait et s'exclamait :

— Grâce au ciel, te revoilà ! Tu m'avais manqué !

Je me revois aussi, faisant défiler des photos sur un téléphone, il y a quelques années.

— C'est toi qui les as prises ? avais-je demandé à ma fille aînée.

Elles nous montraient, son père et moi, en train de nous disputer sous un arbre. Chou avait les paumes levées vers le ciel, en signe de renonciation. J'avais zoomé sur mon visage : ma bouche formait une ligne fine et mon front plissé trahissait la colère. Je ne m'étais jamais trouvée aussi laide.

— Ouais, c'est moi, avait reconnu Jules, penaude.

— Je suis désolée que tu aies assisté à ça.

— Ouais, moi aussi. Ce n'était vraiment pas cool.

Pas du tout, en effet. C'était la chose la moins cool du monde.

Un jour, nous avions visionné en famille un documentaire sur un artiste célèbre qui réalise des sculptures magnifiques avec des feuilles, de la mousse, de la neige et de la terre. Un très beau film. On le voyait assembler des stalactites pour former un dôme étincelant, dessiner un arc-en-ciel de galets gris, confectionner un nid gigantesque avec des branchages. Des œuvres aussi sublimes qu'éphémères. Dans une scène qui semble avoir été plaquée là de manière impromptue, on voit l'artiste faire un saut chez lui pour attraper un sandwich. Sa femme remue le contenu d'une marmite devant la cuisinière, une quinzaine de marmots accrochés à ses jupes, comme une portée de possums à leur mère. On lit l'exaspération sur son visage. « Tu ne pourrais pas prendre l'un d'eux avec toi ? » lui demande-t-elle. Non, malheureusement, il ne peut pas, répond-il d'un ton plat. Et, aussitôt, on le voit en train d'élaborer une sculpture avec des pissenlits. Son travail consiste littéralement à faire la cueillette dans les champs. Et vous ne pouvez vous empêcher de penser : *Il ne pouvait pas prendre un gamin avec lui pour faire* ça *?*

— J'espère qu'elle finira par le quitter, avais-je lancé à Chou.

— Tu es sérieuse ?

J'avais senti la colère monter en moi comme de l'eau dans un seau. Aujourd'hui encore, chaque fois que je reconnais ses collages en lichen ou ses spirales de galets, cette colère remonte à la surface. Je revois cette *épouse* avec sa marmite de porridge sur la cuisinière et sa tripotée de marmots à langer.

— Qui a eu l'idée de créer des bonbons au *marrube* ? se demande soudain Belle à voix haute. Il faut vraiment détester les enfants pour avoir une idée pareille.

Après un bref silence, elle reprend :

— Tu crois que le mot *bobo* vient de *bubon* ? Comme dans peste *bubonique* ? Comme *Calme-toi, mon ange, ce n'est qu'un petit* bubon, *maman va faire un bisou pour le soigner.*

Elle m'explique qu'enfant, elle ne comprenait pas l'expression « bander ses muscles ». Elle pensait que ça avait un rapport avec des bandages. Je l'imagine avancer vers moi, enveloppée de bandelettes comme une momie. Elle rit lorsque je le lui dis.

Nous marchons un petit moment en silence. Au-delà du bois, des bandes bleues, blanches et roses rayent le ciel. Le soleil se couche déjà. Je m'arrête.

— Dis, Bella.

Elle se tourne vers moi, ses longs sourcils de girafe voletant entre sa casquette noire et son écharpe assortie.

— Je n'arrive pas à décider si j'ai des raisons de m'inquiéter pour toi, lui dis-je.

Elle me coule un regard oblique.

— Je me pose la même question.

— Toi, t'inquiéter pour *moi* ?

— Tous ces amants qui défilent…

— Deux seulement, dis-je, sur la défensive.

— Au moins trois, maman. J'ai vu apparaître un texto du Dr Soprano sur ton portable et il y avait le mot *queue* dedans. T'inquiète, je n'ai pas tout lu.

— Oh, mon Dieu !

— Et tant qu'on y est : si, je l'ai lu en entier.

J'ai envie de rentrer en courant, de sauter dans ma voiture, de rouler jusqu'à San Francisco et de me jeter du haut du Golden Gate Bridge.

— Ça a dû te paraître dégoûtant.

Elle hausse les épaules.

— Je ne sais pas. Ce n'est pas le côté sexuel à proprement parler qui m'a choquée, c'est plutôt que je préférerais que tu sois avec papa, évidemment.

— Oui, je comprends. Ton père est génial. Je suis désolée, Belle.

— Je sais que tu l'es.

— N'empêche qu'avec ça, tu n'as pas répondu à ma question, dis-je.

— Ah ouais ?

Nous rebroussons chemin et remontons la colline pour regagner notre voie privée. Notre petit voisin, Ronny, est sorti avec sa luge en plastique. Je lui lance :

— Tu es à croquer dans ce pantalon, Ronny !

Il porte un pantalon de pyjama rayé trois fois trop court avec ses après-skis. Mais Belle et moi devons être méconnaissables, emmitouflées dans nos vêtements d'hiver, parce que l'enfant pivote aussitôt et s'enfuit comme s'il avait vu un ogre.

— Ronny ! C'est nous, dis-je pour l'arrêter.

Mais il est déjà rentré chez lui.

— Oh, mon Dieu, m'man ! s'exclame Belle, hilare. « Tu es à croquer dans ce pantalon » ? Vraiment ? Je crois que je vais me pisser dessus.

Je ris aux larmes, moi aussi.

— Je ne sais pas ce qu'il m'a pris.

Belle récupère la luge.

— Tu ne penses pas qu'on devrait envoyer un message à sa mère ?

— Si, tu as raison.

J'écris un bref mot d'excuse à notre voisine, puis nous rentrons et nous débarrassons de nos grosses doudounes.

Je répète :

— Je ne sais pas ce qu'il m'a pris.

Je suis si accablée de fatigue, tout à coup, que je m'allonge par terre.

— Viens ici, me dit ma fille, écartant les bras.

Mon bébé qui me réconforte. C'est le monde à l'envers.

— Ça va aller, maman, m'assure-t-elle, tandis que je sanglote dans son cou. Je sais que c'est dur. Mais, parfois (elle me coule un regard mutin)… c'est une bonne chose qu'un enfant s'enfuie devant un voisin trop sympathique.

11.

Encore une journée de froid mordant. Des stalactites pendent de notre toit, et Chou est venu pour m'aider à démarrer ma vieille Chevrolet avec des pinces, ce matin.

Il a regardé, la Côtelette Supreme (ou peu importe la marque) de Jonah, étonné.

— Lui non plus n'a pas de pinces, lui ai-je expliqué.

— D'accord, pas de problème, a-t-il dit.

Sitôt que mon moteur s'est mis en route, il m'a tendu un sac pour Edi, il a déposé un baiser sur ma joue, jeté une poignée de sel dans l'allée verglacée et repris la route de son dispensaire.

Je suis avec Edi. Je lui masse les pieds avec une crème au CBD parfumée à la menthe, avec une abnégation qui me donne l'impression d'être une sainte.

— Magma ? marmonne-t-elle de but en blanc.

— Tu veux dire maman ?

Elle secoue la tête.

— Tu veux parler du magma d'un volcan ?

Encore non.

— De mon diplôme. *Magma cum laude.*

— Non, c'était ma mention, ça. Et le terme est *Magna.* Toi, tu as obtenu la mention supérieure : *Summa cum laude* – très honorable avec félicitations du jury.

Elle acquiesce.

— Jonah est là ?

— Non, il a dû rentrer à New York. Il reviendra vendredi.

— Qui sont ces gens, alors ? dit-elle en désignant la fenêtre.

Elle leur fait signe de la main.

— Ohé, les gars !

— Quels gars, Edi ?

— Ceux qui font coucou, répond-elle.

— Ah. Je ne les connais pas…

Elle détourne le regard de la fenêtre.

— C'est vraiment super, le truc que m'a donné Chou, dit-elle en s'étirant joyeusement. Pas vrai ?

Je n'en ai aucune idée. Je ne fume plus d'herbe. La dernière fois que je l'ai fait, j'ai eu une attaque de panique à force de me demander si la drogue absorbée avait un moyen de ressortir.

— Et la barrière hémato-encéphalique… ? avais-je marmonné sans trop réfléchir.

Chou s'était exclamé d'une voix râpeuse en riant :

— C'est génial !

Et il m'avait gardée dans ses bras jusqu'à ce que je me sente assez bien pour manger un peu de salade César en regardant à la télé une famille rénover une cabane au bord d'un lac.

Je demande à Edi si elle se souvient de la première fois qu'on a pris de la drogue. Nous étions à Central Park avec mon petit ami, Luca, et Alice, l'amie la plus cool d'Edi, Alice, qui m'inspirait (m'inspire) une jalousie impie. À l'époque, alors que, fidèle à Chevy Chase, j'allais voir *Le Golf en folie*, armée d'un seau de pop-corn, Alice initiait Edi au *cinéma d'auteur*, et l'emmenait voir des films au cours desquels des personnages arrivaient nus à table, portant des colliers de diamants et des masques de cochon. Quand il m'arrivait de les accompagner, je ne cessais de leur couler des regards dans le noir, m'attendant à lire l'ennui ou la sidération sur leurs visages éclairés par l'écran, toujours en vain.

— Impressionnant, s'exclamaient-elles en sortant de la salle.

— Oui, rétorquais-je. Très impressionnant !

Ce jour-là, Luca et moi, nous avions étalé une vieille nappe dans un coin de Sheep Meadow à Central Park, et dégusté de fines tranches de pastèque imbibées de vodka, faisant tourner un joint qu'Alice avait volé dans la réserve de son père (cadre dans une maison de disques). C'était une magnifique journée de printemps, des pétales pleuvaient des arbres comme des confettis, le soleil nous enveloppait de rayons caressants, et j'avais passé cette belle journée de jeunesse et de liberté des temps vertigineux de l'ère du Verseau à me ronger les sangs, piquer du nez, et me réveiller pour vomir un liquide rose dans un Tupperware rempli de peaux de pastèque.

— Non, je ne m'en souviens pas bien, me répond Edi. Ou… attends ? Tu n'avais pas attrapé un coup de soleil sur les fesses ?

— Euh, pas à ma connaissance, non.

— Ce devait être à ton mariage, ça, marmonne-t-elle, songeuse.

Je ne voudrais pas avoir l'air de sortir les violons, mais Edi et moi avons une vie entière de souvenirs en commun. Nous étions à la maternelle et à l'école primaire ensemble. J'ai assisté à sa bat-mitsvah avec un knickers en velours vert et un chemisier à fleurs Liberty. Nous fabriquions nos barrettes à rubans ensemble, frappions aux portes ensemble pour Halloween, étions ensemble quand un pervers a ouvert son imper devant nous, à Central Park. Et si nous nous sommes séparées au moment du lycée, nous continuions à nous retrouver pour aller aux concerts de R.E.M. et de David Bowie, déguster des Häagen-Dazs aux pépites de chocolat, boire du Fanta et du Diet Coke, et s'asperger d'*Anaïs Anaïs*. J'avais toujours une brosse à dents pour elle chez moi, et vice versa. Nous partagions nos peines et vexations, nous révélions les suçons laissés par nos petits amis, nos résultats au SAT, nos tests de grossesse. Et, plus tard, quand elle est partie étudier à Columbia, nous avons passé nos premières vacances d'étudiantes ensemble en Italie, où nous avons ingurgité notre poids en gnocchis, et passé la nuit dans un bordel de Naples que nous avions pris pour une auberge de jeunesse. Elle a été témoin à mon mariage et moi, au sien. Elle a organisé mes *baby showers* et moi, la sienne. Elle était là à la naissance de mes enfants, et moi, du sien. Elle a serré ma main dans les siennes quand je me suis séparée de mon mari, et je l'ai serrée contre mon cœur quand elle a commencé son traitement.

La mémoire d'Edi est un peu comme le disque dur de secours de la mienne, et j'éprouve le même sentiment de perte irréparable que vous ressentez lorsque votre ordinateur rend l'âme.

Imaginez que tous vos bijoux et vos biens les plus précieux au monde soient dans un coffre-fort, et que la seule personne qui en connaisse la combinaison est en train de basculer du balcon de votre appartement situé au dernier étage d'un gratte-ciel. C'est un peu ce que je ressens.

— Oh…

Edi soulève sa chemise de nuit et me montre le bouton de sa gastrotomie, l'air sceptique.

— Ça te paraît normal ?

Pas du tout !

Je file trouver Violet au bureau des infirmières, lui explique que l'orifice paraît affreusement infecté et demande si je peux avoir une bouteille d'eau stérile pour le nettoyer. Elles sont toutes débordées, aujourd'hui. L'unité vient d'accueillir une nouvelle patiente. Elle est si souffrante et si agitée que les infirmières ont fait rouler son lit jusqu'à leur poste pour la réconforter, comme on le fait dans les maternités quand on n'arrive pas à calmer un nouveau-né. Violet écarte des mèches blanches du visage douloureux de la vieille dame, tout en remplissant de la paperasse.

— Il n'y a plus d'eau stérile, Ash, m'informe-t-elle. Mais vous pouvez utiliser de l'eau du robinet. Je ne pense pas que ça fasse une grande différence.

Elle se retient d'ajouter « À ce stade », mais les mots planent entre nous.

Mes yeux se remplissent de larmes.

— Mais… Violet ?

Elle se lève et se penche sur son bureau pour me serrer dans ses bras.

— Je sais, Ash. Vous n'avez qu'à remplir une bouteille stérile au lavabo. Vous n'êtes pas obligée de dire quoi que ce soit à Edi. Vous voulez que je m'en charge ?

— Non, non. Ça ira. Je vais le faire.

Edi est frigorifiée quand j'ai terminé la vidange du tube. Je monte le chauffage, étale plusieurs couvertures sur elle, et lui passe l'écharpe en cachemire que j'ai empruntée à Jonah autour du cou.

— C'est mieux, dit-elle.

Elle me tend son téléphone.

— Regarde.

C'est une photo de Dash brandissant la dent qu'il vient de perdre avec un grand sourire édenté.

Je grimace.

— N'est-ce pas ? C'est épouvantable, hein ?

Elle me coule un regard en coin et tente :

— *Éprouv*antable.

— Époux vantable, dis-je.

Elle rit.

— Oh mon Dieu. J'ai le cerveau en compote.

Elle grignote un bout de brownie, le coin d'un cube de pastèque, puis boit deux grands verres de jus de pomme et pique du nez sous son tas de couvertures. J'échange quelques messages avec Jules, qui choisit ce moment pour me rappeler qu'au lendemain de sa fête d'anniversaire de seize ans, je l'avais poussée à écrire un mot à chacun de ses invités pour les remercier du cadeau qu'ils lui avaient offert.

Tu te rends compte que tu m'as obligée à les remercier de m'avoir offert un godemichet ! m'écrit-elle.

Je rectifie : je lui avais dit d'écrire *cadeau*.

Elle me répond par une dizaine d'émojis hilares.

Je réponds :

Le meilleur moment de ma journée, pour l'instant.

Puis, j'écris à sa sœur :

Tu es à l'école ?

Je connais la réponse, puisque j'ai reçu un e-mail automatique de l'école m'informant du contraire.

Oui...

Puis, quelques secondes plus tard :

En fait, non.

Je lui envoie un émoji sceptique.

C'est quoi, cette nouvelle passion pour les pierres à évier ? écrit-elle, changeant de sujet.

J'ai reçu un message inquiet de mes parents qui voudraient avoir de nos nouvelles. De Jude qui veut savoir comment va Edi. De Jonah qui m'envoie de nouvelles idées pour améliorer le bilan électrolytique de sa sœur, et me dit qu'il m'aime. Je suis si fatiguée que j'ai l'impression d'avoir été empoisonnée par une sorcière de conte de fées.

— Coucou, Ash.

C'est la grosse voix du Dr Soprano qui a la tête passée dans l'ouverture de la porte.

— Je peux vous parler une seconde, essaie-t-il de chuchoter.

Je lui adresse une moue lasse.

— Vraiment *parler*.

Je le suis dans le couloir.

— J'ai ajouté un peu d'Ativan à sa perfusion, me dit-il. Pour lutter contre l'anxiété. Et de l'Haldol. Ça pourrait l'aider à avoir les idées un peu plus claires.

J'acquiesce.

— Je ne sais pas ce qu'il se passe, précisément. Nous attendons les résultats des tests sanguins. Mais c'est peut-être le début de ce qu'on appelle *un changement de statut*.

J'accuse le coup.

— Rien n'est sûr. Edi est une dure à cuire. Mais je préfère te prévenir. Je suis désolé, Ash.

Il m'enveloppe de ses gros bras, m'attire contre son torse, et, pendant une minute, c'est bon de ne plus rien voir ni entendre (c'est à peine si j'arrive à respirer). Si c'est ce que l'on ressent dans un caisson de privation sensorielle, alors c'est ce dont j'ai besoin en ce moment.

Je me libère de son étreinte et essuie mes larmes et son sweat-shirt avec mes manches.

— Merci.

Au loin, le petit groupe de Juifs ukrainiens obstinés d'*Un violon sur le toit* se fait expulser d'Anatevka, leur shtetl bien-aimé. « Bientôt je serai un inconnu dans un lieu inconnu », chantent-ils. Le Dr Soprano hausse les épaules.

— D'un autre côté, je pensais qu'il ne restait que deux semaines à Ruth, dit-il en souriant.

— Je sais. Le fait que je ne sais rien est devenu mon unique certitude.

12

Edi a retrouvé ses esprits quand je retourne la voir un peu plus tard ce jour-là. Pendant qu'elle dormait, j'ai fait un saut à la maison pour nourrir Belle et les chats, me détournant volontairement de la pile de courrier à ouvrir. Edi et moi avons baptisé mes petites visites du soir, après le dîner, « le digestif ». Je l'ai trouvée assise dans son lit, fraîchement douchée et vêtue d'une chemise de nuit blanche, en train de feuilleter le *New Yorker*. Sur sa table à roulettes, une jolie bougie envoyait des effluves de bois de santal et de figue dans toute la chambre.

— Coucou ! Tu es éblouissante ! lui dis-je.

— Je me sens bien. La nouvelle infirmière est passée et j'ai enfin réussi à aller à la selle.

Apparemment, ladite infirmière est une ingénieure en travaux publics reconvertie. Elle avait le sentiment que tenter de résoudre les problèmes de réseaux hydrauliques était une perte de temps.

— On a appliqué un plan en plusieurs étapes, m'explique Edi. Elle était sûre de son fait. Elle avait une expression : « Soyez tranquille, à la fin de ce processus il y aura des selles. »

— Waouh. Je suis impressionnée.

Récemment, j'ai songé que si la mort était un opéra, le méchant s'appellerait Constipatio. Les autres personnages tiendraient le rôle précieux des dernières heures de conscience, énumérant, la tête levée vers les cieux, les hauts faits d'une vie bien vécue, jusqu'à ce que s'élèvent des arias de baryton évoquant la triviale obstruction intestinale. Le rideau retomberait sur ces ultimes paroles : « Je vous aime tous énormément, mais je dois vous laisser pour tenter d'expulser une dernière petite crotte ! »

— Ce n'est pas juste, on ne devrait pas avoir mal avant de mourir. On devrait avoir mal quand on va guérir. Mourir et avoir mal, c'est vraiment la double peine

— C'est tellement injuste.

— Enfin, j'ai connu pire.

Elle hausse les épaules.

— À ce propos… Tu veux bien me passer quelques pruneaux ?

Je lui tends le paquet, puis me sers à mon tour. Je lis la composition :

— « Peut éventuellement contenir des pépins, tiges, noyaux et autres fragments. » Je ne suis pas dingue de l'apposition du verbe pouvoir et de l'adverbe éventuellement, mais, franchement, comment toutes ces saletés *peuvent*-elles *éventuellement* se retrouver là-dedans si personne ne les a *laissées là* par négligence ?

— Tu ne vas quand même pas écrire un article là-dessus ?

— Pourquoi pas ?

Je remarque un nouveau bouquet. Il est énorme. C'est le genre de gerbe de fleurs qu'on pourrait trouver dans le hall d'entrée d'un musée, présentée dans une baignoire en pierre découverte à l'intérieur d'une pyramide.

— Désolée de changer de sujet, mais c'est quoi, ça ?

Et il est magnifique. Il y a des chatons de saule, des lys, des roses, et des branches argentées et piquantes.

— Jonah, répond Edi en guise d'explication.

Je fais le geste universel pour lui signifier : *Ce bouquet a dû lui coûter une fortune.*

Elle me regarde, soudain sérieuse.

— Dis, Ash ? Je peux te demander un truc ?

Si c'est : « Est-ce que tu couches avec mon frère ? » je me jette à terre et je feins la crise cardiaque.

J'approche ma chaise de son lit.

— Bien sûr.

— Que crois-tu qu'il se passe après la mort ?

— Oh…

J'ai grandi au sein d'une famille athée, alors, en gros, la réponse est : pas grand-chose. Mon père ne cesse de me répéter :

— Colle-moi à la décharge quand je serai mort !

Et quand je lui dis que les enterrements sont surtout pour les vivants, il répète :

— À la décharge !

Pour le calmer, je cède :

— OK, va pour la décharge.

Quand les filles étaient petites, elles avaient du mal à croire à l'existence d'un paradis dans le ciel – dans notre ciel *terrestre.* Et je trouvais leur scepticisme légitime.

— Il est juste pour notre planète, ce paradis, où pour tout l'Univers ? se demandaient-elles.

— Pour tout l'Univers, je dirais ? répondais-je.

Ce qui donnait lieu à une avalanche de questions délicates sur les nuages, les portails étincelants, les anges assis sur des nuages sur un fond bleu… Et je m'apercevais que toutes les images que je m'étais forgées du paradis étaient inspirées d'une bande dessinée de Gary Larson, ou d'un épisode de *Bugs Bunny*.

J'improvise une réponse pour Edi.

— Je crois qu'il y a une sorte d'énergie… Quelque chose qui n'est pas toi… mais qui n'est pas *pas* toi.

Elle acquiesce aimablement.

— Un truc formé des souvenirs que les gens conservent de toi et d'une chose plus organique.

Je pourrais presque y croire.

— Une sorte d'illusion animée.

Hein ?

— Une sorte de conscience flottant librement autour de tes proches, comme si tu étais avec eux, comme si l'air qu'ils respiraient était fait de toi.

Elle sourit. Je la soupçonne de nous imaginer en train de tousser et d'éternuer de longues bouffées de sa conscience. Quelle crétine je suis !

— Je suis désolée, Edi. Je sais que ça n'a aucun sens. Je n'ai vraiment aucune idée de ce qu'il se passe après. Mais je pense que les êtres chers que nous perdons restent auprès de nous d'une manière ou d'une autre. Et toi ?

— Aucune idée. J'ai le sentiment que tu décris davantage *ton* expérience après ma mort, que ce qu'il va se passer pour moi. Où je *serai* ? Est-ce que j'aurai *conscience* de moi-même ?

Je l'ignore. J'espère que oui.

— C'est tellement frustrant d'être coincée dans ce stupide corps malade. Il me semble tellement accessoire, parfois. Et pourtant, je ne peux pas le laisser pour aller ailleurs.

Je me vois, descendant une longue fermeture Éclair et l'héberger à l'intérieur de mon corps.

— Je donnerais n'importe quoi pour te garder, dis-je, essayant d'étouffer un sanglot.

— Je sais. Je donnerais n'importe quoi pour rester.

Je lui chante :

— *Soon I'll be a stranger in a strange new place* – Bientôt, je serai un inconnu en un lieu inconnu.

Elle ferme les yeux et sourit.

— Mais, la plupart du temps, j'ai juste vraiment, vraiment très soif.

Le corps et ses besoins triviaux. Le chagrin nous submerge comme un tsunami, cette âme magnifique est sur le point d'errer, sans abri, mais la soif est la soif. Alors je veille à hydrater mon amie avec du Sprite, en cette belle nuit, dans l'ici et maintenant dont nous disposons encore.

13.

Je suis encore étendue, les pieds sur les étriers, quand ma gynécologue fait rouler son petit tabouret jusqu'à ma tête.

— Tout semble bien, Ash, me dit-elle. Je ne vois aucun signe de cancer de l'utérus, de cancer des ovaires, ni même de… comment appelez-vous ça ? Cancer du *vagin* ? Je sais que votre amie est malade et que vous êtes bouleversée.

C'est étrange, je ne pleure pas, mais mes yeux fuient comme de vieux robinets dégoûtants. Je sens les larmes rouler sur mes tempes, mais je ne peux pas bouger. J'ai l'impression d'être en plomb. Si je possédais un million de dollars, je les donnerais pour pouvoir rester allongée ici tout le reste de la journée, la tête relevée sur ce petit oreiller gaufré.

Le regard de la docteure trahit l'alarme.

— Si cela vous rassure, je peux vous prescrire quelques analyses.

Je pense : *Épousez-moi !* Mais je réponds :

— Non. Ça va aller. Mais je devrais peut-être mentionner autre chose : je couche à tort et à travers, en ce moment.

Elle sourit. Me demande si je suis prudente. Oui, je le suis.

— Mais je suis vraiment très fatiguée. Au sens *clinique* du terme, j'entends. Je pense que je suis peut-être carencée.

— Je serais tentée d'appeler cette carence *chagrin*, me répond-elle gentiment. Néanmoins, un peu de vitamine B ne vous tuera pas.

Elle me serre dans ses bras, me demande de prendre soin de moi et je repars avec une plaquette de je ne sais quoi, une ordonnance et la poignée d'échantillons de lubrifiants et de préservatifs que j'attrape dans une coupe, comme une gamine mal élevée.

Avant de faire démarrer ma voiture, je passe en revue mes cassettes. C'est le côté sympa de ma vieille berline : son vieil autoradio. J'ai conservé toutes les cassettes de morceaux choisis qu'Edi m'a offertes au cours de ma vie. J'en glisse une dans la fente pour servir de bande-son à ma tristesse. Elle porte le titre « Ashes to Ash » (écrit en grosses lettres bulles, naturellement), et c'est « Avalon » de Roxy Music qui m'envoie une première fléchette dans le cœur. La vie ne cesse de rebondir du magnifique au terrifiant. Un matin, vous sortez faire un jogging, et le monde n'est que lilas en fleur, et, soudain, vous trouvez du sang et des gants en latex sur la chaussée.

Je roule depuis un moment, toujours en larmes, quand je remarque des feux derrière moi. Ceux d'une voiture de police. Depuis quand me suit-elle ? Je me range sur le bas-côté de la route pour la laisser passer, mais elle s'arrête également. Merde ! Un flic en descend et avance vers moi. Je lève un index (*une seconde !*) pour qu'il me laisse le temps d'attraper la pince dont je me sers pour actionner la manivelle cassée de ma vitre.

— Vous connaissez la limite de vitesse dans cette rue ? me demande le policier, impassible.

Puis, se baissant pour me voir, il me découvre avec ma pince dans une main et essuyant mes larmes de d'autre.

— Oh, non. Il ne va rien vous arriver de mal. J'ai juste besoin de voir votre permis et votre carte grise.

Je n'ai jamais été arrêtée de ma vie. Mais je n'ai guère eu d'occasions de l'être non plus. Chou m'a appris à conduire quand j'étais enceinte de Jules et j'ai passé les vingt dernières années à rouler comme une mamie qui prend sa voiture une fois par semaine pour aller acheter des os à moelle pour la soupe.

Je tire mon permis de mon portefeuille et ouvre la boîte à gants. Elle contient une énorme liasse de papiers. Je la prends et lui tends un document.

— C'est ça ?

Je suis presque totalement aveuglée par mes larmes.

— Non. C'est une facture de vidange… Ça, une facture pour des pneus… Et un menu de traiteur. Attendez, laissez-moi regarder, dit-il, prenant les papiers.

— Mon amie est en train de mourir, dis-je dans un sanglot, à Gracieuse. Je veux dire, au Berger Gracieux. Je suis déjà en retard. Il faut que je lui apporte son baume pour les lèvres. Et cette bouteille de limonade. Et ces chaussettes.

Le flic me dévisage, muet.

— Et ce magazine people.

— OK, je vois, m'interrompt-il.

Son haleine forme des petites bouffées blanches devant mes yeux. Il feuillette la liasse de papiers de ses mains gantées, trouve ma carte grise, la place sur le dessus et me rend le tas.

— C'est difficile, ce que vous vivez. Je comprends. Je vous laisse partir avec un simple avertissement, cette fois.

— Merci, dis-je, toujours secouée de sanglots. Mais je ne veux pas de passe-droit. Je ne veux pas être « la femme blanche qui évite une amende parce qu'elle pleure » de votre journée.

— Bah, tant pis. Parce que c'est ce que vous êtes aujourd'hui. Bon courage.

Et il retourne à sa voiture. J'attends qu'il démarre pour continuer à pleurer toutes les larmes de mon corps, et peut-être mourir de chagrin ici, mais le policier ne démarre pas. J'appelle Chou qui répond à la première sonnerie.

— Salut Ash. Tout va bien ?

Je lui raconte ce qu'il se passe en hoquetant, et lui explique que je n'ai pas le courage de reprendre la route.

— Ne bouge pas, j'arrive. Je ne suis qu'à un kilomètre de toi.

J'ai épousé un homme incapable de dire non, et je l'ai littéralement obligé à renoncer à notre mariage. Comment cela a-t-il pu se produire ? La seule et unique chose que Chou ne supporte pas, c'est de voir un semi-remorque rouler sans remorque. Il dit que ça lui donne un *sentiment étrange*. Il est empathique à ce point. La première fois que nous avons pris l'avion ensemble, il avait regardé le personnel navigant énumérer les consignes de sécurité, fasciné. « Tu crois qu'ils doivent apprendre à tout mimer avec des expressions exagérées ? m'avait-il demandé. Ou seulement certains gestes spécifiques, comme tirer le masque ou gonfler le gilet de sauvetage ? » Il avait tiré le dépliant illustré de la poche de son siège. « Tu peux imaginer qu'elle passe un sale moment, elle ? » avait-il repris, désignant la femme en tailleur jupe et talons aiguilles dessinée en train de glisser le long d'un toboggan gonflable avec un sourire dément sur le visage.

En attendant de gagner la piste d'envol, nous avions étudié la brochure *SkyMall*, choisissant nos articles préférés. Bien plus tard, il le ferait avec les filles qui nous surprendraient toujours avec leurs drôles de petits désirs : un plumeau à manche télescopique pour nettoyer les lustres, un panier chauffant pour chien, des gants hydratants, une coupe de fruits en forme de poire. Et je devinais toujours ce que Chou préférait : les robots pour nettoyer les piscines, les gadgets compteurs de billets, les appareils conçus pour effectuer vos corvées à votre place. Très peu enclin à amasser des richesses, Chou était également très peu enclin à s'empêcher de bien profiter de la vie.

Nous nous rendions au mariage d'Edi et de Jude, ce jour-là, et, juste après le décollage, il avait pris ma main et s'était penché sur moi pour regarder par le hublot.

— Waouh !

Tout en bas, un pont illuminé dans le soir bleu profond évoquait deux guirlandes de Noël. Le soleil se couchait sur un horizon semblant peint à l'aquarelle. Tandis que les autres passagers piquaient du nez ou feuilletaient le magazine de bord, je me sentais vibrer de la tête aux pieds, émerveillée par ce moment, et par l'homme assis à côté de moi qui, voyant approcher le chariot des boissons, me murmurait :

— Commande un Bloody Mary. Tu auras presque l'impression de manger un gazpacho à l'œil.

Chou était une fête à lui tout seul – une fête tranquille, amusante, avec un buffet excellent.

Quand il apparaît au bas de la rue, la voiture de police n'est plus là. Chou s'installe derrière le volant et me serre dans ses bras par-dessus le levier de vitesse.

— Le flic a fini par partir ?

— Oui. Je lui ai dit que mon mari allait venir à mon secours.

— Tu ne lui as pas dit que ton mari allait *patiemment* venir à ton secours *encore une fois* ?

Je hoche la tête en sanglotant. Il me tend un mouchoir en papier et me propose de me conduire à Gracieuse et de rester un peu là-bas avec moi. Je réponds :

— Tu es le meilleur.

Il rit.

— Oui.

14.

Edi est sous la douche quand nous arrivons. Pour tuer le temps, nous allons explorer les placards de la cuisine.

— Quelqu'un a fait des côtelettes ! lance Chou, impressionné, la tête dans le frigo.

Un bénévole a confectionné des muffins au maïs. Nous décidons d'en partager un, que Chou insiste pour réchauffer au gril pendant que je prépare du café. Le muffin est succulent : croustillant à l'extérieur et fondant à l'intérieur, et le café, délicieux avec la grosse cuillerée de crème que j'ai ajoutée dans nos mugs.

Le frigidaire de l'unité regorge de crèmes en tout genre. Crème glacée, crème aigre, crème fleurette, et bombes de crème fouettée en quantité. Le garde-manger de Gracieuse a un petit côté *c'est maintenant ou jamais.* Et ça vous pousse à vous demander pourquoi les gens se privent autant. Vive les macaronis baignant dans le fromage fondu. Vive les éclairs au glaçage brillant. Vive les chips napées de Velveeta – que les infirmières ont baptisées les *nachos de la maison.*

Mangez vos choux et vos myrtilles tant que vous voulez, mais ne vous privez pas des bonnes choses.

Nous vidons le lave-vaisselle, y glissons nos assiettes et nos tasses et retournons voir Edi. Nous la trouvons assise sur son lit, les jambes croisées, en train de remplir une grille de mots-croisés. Elle porte un pull duveteux, une culotte blanche et des bas de contention blancs. Je lui lance :

— Tu te crois où, dans un vidéoclip de Bon Jovi ? C'est sexy tendance glauque.

Elle éclate de rire.

Quand je me penche pour l'embrasser, elle étudie mon visage une seconde de trop.

— Tu as pleuré ?

— Non.

Elle fronce les sourcils.

— Bon, j'ai des nouvelles du Gâteau ! dis-je.

Je leur explique que j'ai reçu une réponse de Daisy Goldstar. Et qu'elle est effectivement l'auteure du gâteau de polenta au citron sicilien, qu'elle appelle immodestement « mon célèbre gâteau signature ». Elle n'est pas disposée à nous en donner la recette, mais comprend pourquoi nous tenons vraiment, vraiment, à l'avoir. Elle m'a demandé l'adresse d'Edi et de guetter le facteur.

— Quelle égoïste de ne pas vouloir nous donner la recette. Mais, mon Dieu, elle est adorable ! Tu penses qu'elle va m'envoyer un gâteau ?

Bien sûr qu'elle va l'envoyer ! Mais combien de temps ça va prendre ? C'est une question à laquelle je préfère ne pas trop réfléchir.

— Waouh ! C'est un rêve qui va devenir réalité ! Je suis trop impatiente. On devrait acheter une bouteille de champagne.

Excellente idée. Adjugé.

Chou nous quitte pour retourner travailler, et Cedar passe la tête par la porte. Il est sur le départ, mais a encore le temps de nous chanter une petite chanson.

— Viens discuter avec nous une minute, lui propose Edi. Pose ton fardeau et assieds-toi là.

Elle désigne sa commode.

— Il y a toutes sortes de sucreries. Normales et bizarres. Sers-toi.

— Non merci.

Il pose son étui de guitare et approche une chaise du lit.

— J'ai une question, reprend Edi. C'est quoi au juste, ce Wu-Tang Clan ?

— Je peux avoir un peu de contexte ? demande Cedar poliment.

— Eh bien, je ne les trouve pas si géniaux que ça. « Danse Hall Days » ? Bof.

J'explique à Cedar qu'elle veut dire « Wang Chung », le groupe de new wave des années 80.

Il trouve « Protect Ya Neck » sur son téléphone.

— C'est de Wang Chung, *ça* ? demande Edi.

— Non, c'est de Wu-Tang Clan, ça.

Je ris et l'accuse de commencer à ressembler à sa grand-mère.

Elle pouffe.

— Tu as raison.

— En réalité, tu as toujours été comme ça, dis-je pour la consoler.

Je lui rappelle le jour où Chou était rentré à la maison pour fumer des cœurs de palmier, et qu'elle avait fait mine de tirer sur un joint imaginaire avec un air interrogatif.

— Pardon, rétorque-t-elle, mais je me souviens d'une personne qui, après avoir entendu sa mère et une cousine de Dublin parler d'hystérectomie au téléphone, a passé des années à penser que les Troubles en Irlande étaient d'ordre *gynécologique.* Ça ne te rappelle rien ?

Si.

— C'est aussi Ash, continue-t-elle sur sa lancée, qui croyait que les membres du Rotary Club se réunissaient pour parler de la rotation de la Terre.

— Très bien, mademoiselle Je-fais-ma-maligne. Et c'est quoi, selon toi, le Rotary Club ?

— Ben, c'est pas un truc… lié aux rotors des hélicoptères ? tente-t-elle avec une moue sceptique.

Après le départ de Cedar, Kirby, une aide-soignante, entre dans la chambre, ferme la porte et s'y adosse. De manière volubile, elle se met à parler de la pluie et du beau temps (« Il va neiger ! » s'écrie-t-elle), puis demande à Edi de lui faire écouter une chanson qu'elle aime sur son téléphone (elle *meurt* d'envie d'en découvrir de nouvelles !). Edi hausse les épaules et lui met « La vie en rose » interprétée par Joséphine Baker.

— Plus fort, je n'entends pas bien, dit Kirby.

Et les pièces du puzzle s'assemblent. C'est le protocole à Gracieuse, lorsqu'un pensionnaire vient de décéder. Ce qu'ils appellent « finaliser le passage ». On nous a expliqué ces usages visant à protéger le moral des malades lors de l'admission d'Edi : à l'arrivée de la voiture des pompes funèbres, un membre du personnel entre dans chaque chambre pour faire diversion. On se croirait dans une sitcom, les rires en moins. Pendant que les infirmières et les volontaires font leur numéro, les croque-morts escamotent le corps sur la pointe des pieds, ni vu ni connu. Ici, on ne voit que la vie, pas la mort. Et, néanmoins, la tendresse avec laquelle ils tentent de protéger leurs pensionnaires est touchante.

— Qui est mort ? me demande Edi sitôt que Kirby est sortie.

Je ne sais pas. J'espère que ce n'est pas Junior ou Ruth, parce que, premièrement, je les adore, et deuxièmement, j'ai le sentiment qu'Edi partira après eux. Alors je voudrais qu'ils soient immortels.

Son visage s'éclaire soudain et elle me lance :

— Oh, mon Dieu ! Tu te souviens de notre séjour à Édimbourg ?

C'était après l'université, Edi et moi avions pris un avion pour l'Angleterre, afin de rendre visite à mes grands-parents à Sheffield, d'abord, puis de prendre le train et visiter l'Écosse, où nous avons passé une semaine merveilleuse à marcher sur un sentier qu'on appelle West Highland Way. Quelque part sur ce sentier, devant des pintes dans un pub, nous avions entamé une conversation avec une femme d'Édimbourg magnifique, qui nous avait invitées à dormir chez elle sur le chemin du retour – ses enfants étaient grands et elle proposait de nous caser dans la chambre d'amis. C'était bien avant les téléphones portables, alors nous lui avions montré nos billets de train et elle avait noté notre heure d'arrivée. « *Lovely !* avait-elle dit (*loovly*). À bientôt, alors ! » Et, comme prévu, elle nous attendait à la gare une semaine plus tard, envoyant les bras en l'air en nous reconnaissant et nous poussant joyeusement dans sa minuscule voiture, et tassant nos affaires dans le coffre.

Elle nous avait interrogées sur le reste de notre voyage, et nous lui avions parlé des haggis mijotant dans les cuisines des auberges de jeunesse, de la pluie et des lacs brumeux, de nos ampoules aux pieds. Puis elle s'était arrêtée dans une rue bordée d'une rangée de maisons en brique, avait éteint le moteur, et débouclant sa ceinture de sécurité avait dit en se tournant vers nous : « Je crains d'avoir une nouvelle un peu étrange. Mon père est mort et nous le veillons à la maison. »

« Oh mon Dieu ! » avions-nous dit. Nous étions si désolées ! Elle était venue nous chercher et nous avions papoté sans nous soucier de rien. « S'il vous plaît, laissez-nous chercher une auberge ou un Bed and Breakfast. » Mais elle ne voulait rien entendre. Et puis il y avait à manger et à boire en quantité, et de la visite aussi. Aussi, toujours vêtues de nos shorts crados et de nos chaussures de marche, nous nous étions jointes à la fête qui avait lieu autour d'un cercueil ouvert. Une veillée. Nous avions mangé de la tourte au mouton et bu du scotch, et écouté et ri pendant que ces gens que nous ne connaissions pas échangeaient des souvenirs avec nous de cet homme en costume bleu – leur ami, frère, père, grand-père, oncle, cousin, voisin – que nous ne connaîtrions jamais.

Plus tard, notre nouvelle amie nous avait préparé un lit dans la pièce voisine du salon, où son père était mort. Edi et moi étions restées éveillées toute la nuit, terrifiées et riant encore et encore aussi doucement que possible. Nous avons pu jouer à qui « était le mort le plus convainquant », qui sait ? La mort était triste et effrayante, mais nous avions vingt-deux ans. Et nous étions éternelles.

Bien sûr que je me souviens d'Édimbourg, lui dis-je, mais c'est un autre souvenir qui s'impose à moi, à cet instant – une histoire que j'ai racontée aux filles, récemment, pour leur donner une idée de ce qu'était la vie avant le téléphone portable. Les vacances qu'Edi et moi avons passées en Italie, après notre premier semestre à l'université. Nous étions parties séparément : elle devait y retrouver son petit ami et moi, rendre visite à une nouvelle camarade en Sicile. Nous nous étions donné rendez-vous à Capri pour y prendre le ferry. Le guide *Let's go !* ne mentionnant pas l'endroit d'où partait le bateau, nous avions déplié une carte, posé le doigt sur la pointe de la péninsule, et étions convenues d'une date et d'une heure de rencontre.

Je suis descendue du bus de Sorrento, le jour dit, puis, d'un pas hésitant, j'ai remonté un sentier qui menait à une falaise dominant la mer. Edi n'était pas là, évidemment. Il aurait bien mieux valu nous retrouver au terminal des ferries. Ne m'étais-je pas trompée de date ? Devais-je gagner Capri, ou retourner à Florence ? Nous n'avions pas envisagé de plan de secours. J'ai mangé la moitié d'un énorme sandwich au thon et aux poivrons marinés en réfléchissant. J'ai jeté un coup d'œil à ma montre, avalé une grosse gorgée de vin de ma gourde, emballé le reste de mon pique-nique solitaire, et me suis relevée pour regagner la route. Et c'est là qu'elle est apparue ! La main levée, au bout du chemin, silhouette lestée d'un énorme sac à dos. Edi !

Si je devais trouver une métaphore pour décrire notre amitié, celle-là serait parfaite. La foi aveugle. La confiance absolue. L'amour comme boussole, la certitude qu'il indiquera toujours le nord.

— Oui, je me souviens, me dit Edi à présent. Tu avais mangé le sandwich que tu m'avais apporté.

— Ce n'est pas vrai du tout ! Le meilleur dans l'histoire, c'est que je t'en avais gardé la moitié !

— Blanc bonnet, bonnet blanc, dit-elle en souriant. C'était une sacrée aventure, en tout cas.

15.

Le lendemain, profitant de ce qu'Edi dort, je sors mon ordinateur portable pour travailler un peu. Je rédige un mémoire sur l'amnésie en qualité de prête-plume. C'est aussi difficile et ridiculement laborieux qu'on peut l'imaginer. Quand je lui demande : « Vous pouvez m'en dire un peu plus là-dessus ? », lors de nos entretiens hebdomadaires en visio, il me répond : « J'aimerais bien, mais j'ai tout oublié ! »

— Ça pourrait être un truc conceptuel, m'a lancé Belle à ce sujet. Un livre vide qui pourrait servir de journal aux autres amnésiques. Et sur lequel *personne n'écrirait jamais.*

C'est également Belle qui, un jour, a eu l'idée d'organiser un vide-greniers nihiliste. « Tu demanderais cinq dollars aux gens pour leur offrir le plaisir de ne *pas* acheter ton reste de bougie parfumée ou ton vieux service à fondue. Imagine leur joie quand ils repartiraient ! Tout ce rien pour seulement cinq dollars ! »

Et comme si ce n'était pas assez compliqué comme ça, mon amnésique est un brin grandiloquent et mythomane. Il a prétendu avoir voyagé clandestinement sur un navire, une fois. Et gagné sa vie en chantant dans des bouges pour marins. Quand je lui ai demandé comment s'appelait le navire, il a répondu, penaud : « En fait, c'était le festival Un Semestre en mer de Dartmouth. »

Peut-être que ce mémoire devrait s'intituler *Souvenirs partiels des mensonges d'un amnésique.*

— Sur quoi travailles-tu ? me demande Edi, qui vient de se réveiller.

Elle écoute mon explication en tirant bruyamment sur sa paille et en vidant d'un trait un énorme verre de je ne sais quoi.

— Pourquoi fais-tu ce genre de conneries, Ash ?

Vexée, je réponds d'un ton vexé :

— Désolée de vouloir nourrir ma famille.

Je déteste tellement ces boulots de prête-plume que je demande des honoraires exorbitants pour dissuader les éventuels clients. En vain. Il se trouve toujours une personne pour accepter, et je ne me suis jamais sentie capable de refuser. Mais mes tarifs exorbitants m'attirent la pire des clientèles : des hommes fortunés imbus de leur personne qui déversent sur moi des écheveaux d'informations confuses et de souvenirs poisseux, d'une voix tonnante pour couvrir le bruit de moteur du jet qui les emporte vers leur île privée : « Allez-y, faites-moi un best-seller de tout ça ! » Et je me retrouve à démêler le tas gluant toute seule.

— Pourquoi tu n'écris pas ton propre livre, Ash ? insiste Edi. Tu as un doctorat, mince !

C'est vrai, bien que ce ne soit pas le meilleur des arguments.

— La malédiction du velléitaire, c'est bon quand on est étudiant, assène-t-elle encore.

— Waouh. La vache, Edi !

Je me demande si c'est la douleur qui parle, ou si elle le pense vraiment et ne voit plus de raisons de se donner la peine de garder ce genre d'opinion pour elle, à présent. Je décide de ne jamais lui parler de l'article sur la ménopause qu'on m'a commandé (« Non, ce pays n'est pas fait pour les vieux vagins »).

— J'imagine que tu ne me féliciterais pas si j'étais nommée ambassadrice d'une marque de raisins secs ?

Elle éclate de rire.

— Je devrais juste écrire quinze posts de blog « mettant en valeur le raisin sec ». En retour, en lieu et place d'un salaire, on me paierait un billet pour assister aux vendanges de Fresno et au couronnement de la Reine du Raisin. Et les besoins en raisins secs de toute ma famille seraient couverts pendant un an. Ce qui s'élèverait donc à zéro raisin.

— Dis-moi que tu as refusé.

— J'ai refusé.

— Sérieusement ?

— Sérieusement.

— Écris un livre sur… *tout ça.*

— Sur nous ? Notre amitié ?

— Oui. Et sur la mort, aussi. La fin de vie. Les soins palliatifs.

— Non. Je ne pourrais jamais finir ce livre. Je ne voudrais jamais le finir. Je continuerais à l'écrire jusqu'à la fin de mes jours.

J'essaie de me retenir de pleurer.

Elle se rallonge et ferme les yeux.

— Tu le fais, et tu tournes la page, dit-elle. Comme… Anne Rice ou Ayn Rand ?

— Ayn Rand.

La coordinatrice des bénévoles passe pour nous informer que les élèves d'une classe de cinquième vont donner un concert de flûte à bec pour les résidents dans un instant, désirons-nous y assister ?

— Le désirons-nous ? me demande Edi.

— Et comment ! dis-je.

Quand nous arrivons au salon, il y a quelques pensionnaires de Gracieuse assis sur les canapés, d'autres dans des fauteuils roulants et des membres du personnel adossés aux murs. Il y a beaucoup de proches des malades en visite, aussi, faisant de leur mieux pour manifester un peu d'enthousiasme au demi-cercle de gamins serrant nerveusement les instruments redoutables dans leurs mains. Le professeur de musique annonce le premier morceau – « Hot Cross Bun » – et les élèves se mettent à souffler les notes comme pour éteindre les bougies d'un gâteau d'anniversaire. *Pff pff pff, Pff-pff-pff.* Je me souviens d'un concert de flûte de Jules, quand elle était petite. Belle était dans tous ses états : nous nous étions arrêtées au supermarché pour acheter du lait et des cookies en chemin, et elle avait surpris un employé en train de réassortir le rayon produits laitiers *par-derrière* ! Une de ses plus grandes terreurs à l'époque (que seule la vue des dernières feuilles de papier toilette collées sur le rouleau pouvait égaler). Elle s'était agrippée à moi, ses yeux exorbités fixés sur les yaourts qui avançaient, seuls, sur leurs rangées, poussés par une main isolée.

— Pourquoi il y avait une main derrière les yaourts ? m'avait-elle demandé dans la voiture. Pourquoi ils ne les rangent pas par-devant ?

— Allons Belle, avait dit Jules d'une voix apaisante, parce que c'est comme ça qu'ils préfèrent le faire.

J'émerge de ma longue rêverie et constate que le concert *n'est pas terminé* ! Les enfants soufflent les premières notes de « We Shall Overcome » (*pff pff pff pff, pffff-pfff-pff*) quand Edi attrape ma main.

— Tu te souviens ? murmure-t-elle.

Oui, je me souviens.

Quand Dash était à la maternelle, je l'avais accompagnée à la Journée des amis de sa classe, et nous y avions chanté cette chanson. Plus tard, la maîtresse d'école avait demandé aux enfants s'ils savaient ce que signifiait *surmonter*. Toutes les petites mains s'étaient levées.

— Oui, Axel ?

— C'est comme quand un ami monte sur les épaules d'un autre ?

— C'est une manière de voir les choses, oui. Mais ce serait plutôt *monter sur*, dans ce cas.

Elle leur avait expliqué le sens du mot, d'une voix douce, leur donnant comme exemple la longue lutte pour les droits civils, puis leur avait demandé s'ils voulaient partager une pensée. À nouveau, toutes les mains s'étaient levées.

— Eh ben, une fois ? La batterie du téléphone de ma maman s'est déchargée d'un coup ! Sans prévenir. Et elle a été obligée de la recharger entièrement.

— Quelle aventure, avait marmonné Edi.

Ses camarades de classe n'avaient pas tardé à enrichir cette ode aux petites résiliences du quotidien : une bonbonnière cassée qui finit par être recollée, de la polenta renversée qu'on ramasse à la pelle, une pantoufle aspergée de dentifrice essuyée avec un carré de papier toilette.

(Jude s'amuse souvent à chantonner : « Au fond de mon cœur, je sais qu'il peut arriver qu'on tire la chasse sur un poisson rouge. »)

Mais, assis sur mes genoux, Dash n'avait rien dit. Edi ne lui avait pas encore annoncé qu'elle était malade, à l'époque. L'avait-il senti ? Est-ce que le mot *surmonter* avait déjà un sens plus profond pour lui ? Ou est-ce qu'il pensait à ses jouets ou au gâteau au caramel qu'il aurait aimé manger ?

Quand les flûtes soufflent leur crescendo final poussif, Edi a la tête posée sur mon épaule. Elle dort. Le public applaudit, les musiciens s'inclinent, les jus et cookies aux flocons d'avoine sont offerts et acceptés, puis la pièce se vide lentement. Il ne reste bientôt plus qu'Edi et moi dans ce salon, au milieu des nombreux bouquets de fleurs artificielles, des plantes authentiques, et des coussins brodés au point de croix offrant des perles de sagesse à méditer : POUR AVOIR UN AMI IL FAUT EN ÊTRE UN. Si juste. Un ballon BONNE CHANCE flotte contre le plafond. Bonne *mort* ?

16.

Belle est enfermée dans sa chambre avec Scriv. J'entends leurs rires, aussi purs que le tintement de clochettes sous la pluie. Je me vois ouvrir la porte à la volée et leur lancer : « Je le savais ! »

Derrière la porte, Scriv glousse et Belle lui lance : « Viandarde ! »

Je viens de rentrer de mon rendez-vous chez le dermatologue, où je n'ai pas réussi à me faire diagnostiquer un cancer de la peau. Le médecin (que je soupçonne de ne pas appartenir à l'espèce humaine) s'est contenté de désigner des parties de mon corps à l'infirmière et de faire des déclarations lapidaires du style :

— Lésions légères au niveau supérieur de la poitrine, en raison d'expositions répétées sans écran solaire.

— Ah, je suis désolée, avais-je répondu.

— Ne le soyez pas. Ça m'est égal.

— C'est une manière de parler, n'est-ce pas ? avais-je tenté en souriant. Ça ne vous est pas *vraiment* égal.

— Si, vraiment, avait-il rétorqué, stoïque.

J'avais adressé une moue comique à l'infirmière qui avait daigné rire.

Je suis heureuse à l'idée que Belle n'a aucun risque de finir en couple avec un robot dénué d'empathie. Ni même avec un homme délicat comme son père, d'ailleurs !

— Que ferais-tu si, en rentrant à la maison, tu me découvrais morte par terre ? lui avais-je demandé une fois, en colère pour une raison ou une autre.

— Eh bien…

J'avais enchaîné sans lui donner le temps de répondre :

— Tu me contournerais en sifflant « Dancing Queen » pour te préparer du guacamole ou donner à manger aux chats.

— Ça, mon amour, c'est ce qu'on appelle de l'auto-flagellation, avait-il répondu, un brin irrité.

La voix de Belle s'élève soudain :

— Maman ! Je sais que tu es dans le couloir. C'est bon. Entre.

Les deux ados sont allongées sur le lit avec Thumper et Jelly. Tout habillées. Belle est en train de lire la liste des ingrédients de paquets de friandises pour chat.

— Si tu devais en manger, lequel choisirais-tu ? me demande-t-elle. Tu as le choix entre Fromadisiaque, Ragoût'ant, Crevetastique, Bonjambon, ou Thon Luau. Non, le dernier a un goût de réappropriation culturelle, alors pas celui-là.

— Fromadisiaque, sans hésiter. À condition que ça ait le goût de ce que ça prétend être et pas de ce que c'est en réalité.

— Tu serais cape de goûter ? lance Scriv à Belle.

— Tu veux parier ? dis-je.

Ma réponse déclenche un éclat de rire.

Scriv choisit un Fromadisiaque et Belle, un Bonjambon (juste parce que la viande lui manque et qu'elle ne risque pas d'être tentée par des friandises pour chat).

Jelly et Thumper se mettent à ronronner si fort que je les entends de l'entrée de la chambre.

— Oh, mon Dieu, s'exclame Scriv. Thumper recommence à pousser ses petits cris de dauphin !

— J'adore quand il fait ça ! dit Belle. Tu t'es déjà demandé si les dauphins émettaient ces bruits pour agacer leurs congénères ? Comme on se chamaille entre frères et sœurs ? Pas pour communiquer, mais pour se taper sur les nerfs ? Ou pour se répondre : « Bon sang, arrête de faire ces craquements idiots ou je te tue ! »

Quand les filles étaient petites et qu'elles se rendaient dingues l'une l'autre en suçant bruyamment un bonbon, par exemple, nous avions l'habitude de leur dire : « Certains bruits sont plus sympas à produire qu'à entendre. » Je l'ai si souvent répété que je dois faire un effort pour ne pas le lancer spontanément quand une personne parle sans discontinuer lors d'une réunion.

Scriv et moi sommes sceptiques quant à l'analyse de Belle concernant le langage des dauphins.

— D'accord, d'accord, ventres sur pattes ! dit-elle amoureusement aux chats en leur distribuant plus de friandises que nécessaire.

— Tu les pourris, lui dis-je.

Elle me rétorque que la ration quotidienne recommandée s'élève à quatre croquettes par kilo. De sorte qu'elle pourrait leur en donner une bonne centaine de plus, vu leur poids.

— Regarde ! Thumper plisse le front quand il mâche, fait remarquer Scriv.

— Ouais. Il est vraiment trop mignon.

Au contraire de ce que prétendent les médias, les adolescents d'aujourd'hui me paraissent à la fois plus gentils, plus malins et plus innocents que nous l'étions à leur âge.

— Il serait peut-être temps de penser à préparer un dîner humain, vous deux. Ou à se faire livrer de quoi manger avant qu'il ne se mette à neiger.

— Trop tard, me fait remarquer Belle, désignant les gros flocons qui tombent derrière la fenêtre. Est-ce que Scriv peut dormir ici ? Au cas où il y aurait une tempête ?

— Bien sûr !

— On devait aller dîner chez papa. Tu penses qu'il pourrait se joindre à nous ? Ce serait tellement chouette.

— Bien sûr !

Je sors de la chambre en fredonnant « Les marieuses », pour lui signifier que je ne suis pas dupe.

Lorsque Chou arrive, nous traînons nos pelles à neige et nos luges dans la prairie d'en face, et glissons en hurlant de rire (comme il se doit) jusqu'au coucher du soleil. L'hiver qui a suivi notre rupture, quand mon mari prétendait encore vouloir désespérément nous réconcilier, Jules m'avait montré des photos sur son téléphone.

— Qu'est-ce que c'est ? lui avais-je demandé, en en désignant une en particulier.

— Oh, ça ? On a fait de la luge avec papa, avait-elle répondu, embarrassée.

Et, effectivement, c'était bien l'homme qui prétendait être incapable de vivre sans moi qui glissait dans un nuage de neige, son visage exprimant une joie et une légèreté absolues.

— Papa a l'air très heureux, avais-je commenté d'un ton détaché.

— Ben, c'est sûr, maman ! On faisait de la *luge*, avait-elle rétorqué.

De retour à la maison, nous nous séchons les cheveux avec des serviettes, passons des vêtements d'intérieur et dînons de simples spaghettis accompagnés du pesto que Belle a surgelé l'été dernier. Je reçois un message du lycée qui annonce qu'il fermera le lendemain en raison des chutes de neige prévues par la météo. Les jeunes bondissent de joie, dansent autour de la pièce en se tenant la main et décident de s'offrir une nuit blanche. Chou fait chauffer du sirop d'érable avec du beurre et verse la mixture dans des bols remplis de la neige fraîche que Belle et Scriv sont allées chercher dehors.

— Oooh, de la glace à la neige ? s'étonne cette dernière.

Belle lui explique qu'on n'est pas censés manger la neige.

— C'est juste pour refroidir le sirop : ça le transforme en caramel.

C'est délicieux. Belle et Scriv préparent du popcorn pendant que Chou allume le poêle à bois, et nous choisissons un film tous ensemble. Pour une raison mystérieuse, nous nous mettons d'accord pour voir *Les Dents de la mer*. Dehors, il neige toujours, mais notre petite maison respire la chaleur. Les chats s'étalent sur nous et la soirée est aussi chouette que le prédisait Belle. Le film a beau être daté, il nous arrache quelques cris de terreur.

La veille du jour où nous devions signer le contrat d'achat de la maison, il y a eu une tempête de neige comme celle-ci. Chou m'avait écoutée me lamenter que c'était de mauvais augure sans piper mot, et, cependant, je savais que mes hésitations commençaient à éroder sa patience. Non seulement je craignais cet achat, mais je craignais aussi notre agente immobilière, avec sa voiture décapotable gris métallisé, ses dents d'un blanc irréel et ses sourcils à géométrie variable, qui semblaient s'adapter à toutes les situations : des petits arcs bruns étroits pour exprimer l'incrédulité, de longs traits effilés pour partager notre enthousiasme le jour où elle avait écarté les bras et pirouetté à l'entrée d'une chambre en déclarant : « Ici, j'imagine une suite parentale… Pas vous ? »

Non, pas vraiment, nous étions-nous retenus de répondre.

« Il faut enlever cette armoire et transformer la petite chambre attenante en salle de bains », avait-elle décidé.

Et où on rangera les draps et les serviettes ? Et où dormiront nos filles ?

« Et là, je vois une belle tête de lit, avait-elle susurré de manière suggestive. Et de l'autre côté… »

Une balancelle. Des bougeoirs. Des portes coulissantes. Une crédence en faïence.

Nos mines perplexes étaient si éloquentes que ses sourcils exprimaient : *vente ratée.*

Pendant des mois, nous n'avions fait que parler, penser et rêver de cette maison, alors qu'elle n'était encore qu'une abstraction.

« J'aime bien les chiens-assis », lançait Chou, alors que nous passions en voiture devant une maison qui n'était pas à vendre. J'ajoutais qu'il me fallait « un jardin arboré », « un patio en dalles de pierre naturelle », « des baies vitrées ». Nous transmettions à notre agente et lisions les annonces immobilières avec le même sérieux que des étudiants en théologie, les Saintes Écritures. En visite chez des amis, nous nous chuchotions des « esprit loft » ou « déco vintage », et quand nous lisions des histoires aux enfants, le soir, nous nous demandions comment Bernie et Bert avaient pu se payer une brownstone à Park Slope. Avec « un coin repas dans la cuisine, qui plus est ! » me faisait remarquer Chou, jetant un œil par-dessus mon épaule tandis que je lisais les mantras de l'école maternelle énumérés dans le livre : verser du jus dans son verre, beurrer son toast. Et « éclairage encastré » !

Notre agente me trouvait tantôt difficile, tantôt bizarre, et j'étais sans doute les deux. Quand elle nous avait fait visiter une maison coloniale jouxtant le parking d'un centre de trauma crânien, je m'étais représenté des accidentés désorientés débarquant sur notre terrasse en marche arrière et écrabouillant notre rocking-chair en rotin. Et je n'avais pas été emballée par son « joli petit ranch » à cause de la cabane en planches de bois perchée sur les branches les plus hautes d'un vieil érable branlant. J'avais passé la nuit éveillée à voir les filles tomber de l'arbre et se briser le cou. « Cette maison est maudite ! » disais-je à Chou, désespérée. Je n'ai pas aimé la maison qui avait un pichet Tupperware imprimé des mots LITIÈRE POUR CHAT sur le comptoir de sa cuisine. Je n'ai pas aimé la cuisine avec l'îlot central, qui me faisait penser à l'île déserte de Robinson Crusoé. Et je n'aimais même pas le terme *demeure à vendre*, qui laissait entendre qu'on pouvait se payer tout un mode de vie : rôti de bœuf du dimanche, épouse aimante et bûches pour la cheminée compris. Comme si une maison pouvait garantir la sécurité et le bonheur.

Et cependant, le lendemain, nous avions pris la voiture en dépit des chutes de neige, et nous avions acheté cette petite maison avec son toit deux pentes et ses poignées de porte dépareillées. La plupart de mes prédictions ne s'étaient pas vérifiées. Et nous avons effectivement vécu heureux et en sécurité ici. C'est à travers ces chambres que les filles ont rebondi comme des balles en caoutchouc. C'est sous ce toit qu'elles ont perdu leurs dents de lait et leurs bourrelets de bébé. Qu'elles se sont affinées, couvertes d'acné et remplies de colère, avant de s'épanouir et de devenir des jeunes filles adorables et hilarantes. Mais j'ai laissé des plumes dans cette aventure. J'y ai laissé bien plus que mon mariage, même si j'aurais du mal à exprimer ce que j'ai perdu en plus de mon mari.

— Qu'est-ce qu'il y a ? demande Chou.

— Pourquoi ? dis-je.

— Tu as soupiré.

Je hausse les épaules. Sur l'écran de télé, les plages de Martha's Vineyard sont assiégées par un grand requin blanc, d'immondes shorts à pinces et des mâles alpha. Le vent envoie de la neige sur nos fenêtres par bourrasques, comme pour répondre à la tension dramatique du film. Les chats ronflent doucement. Les bûches crépitent dans le poêle. Belle et Scriv ont entrelacé leurs jambes. Leurs visages sont baignés de lumière bleutée.

Je souris à Chou et lui réponds :

— Je ne sais pas pourquoi.

J'allume l'écran de mon téléphone et découvre un texto d'Edi.

Trop de neige pour que tu viennes ce soir ?

Il date de plusieurs heures.

Merde.

Si j'avais un autocollant à l'arrière de ma voiture, il dirait : *Pas d'excuse tempête de neige en soins palliatifs !*

Je lui réponds : *Je suis désolée. Je n'ai pas vu passer le temps. Il faudrait que je vienne en raquettes !*

Pas de problème. C'est bon. Je t'aime.

Je t'aime aussi.

Je ferme les yeux pour me représenter son visage : je peins des cœurs sur ses joues et les saupoudre de paillettes.

Je dis à Chou :

— Je crois que je ne connais pas la différence entre prier et décorer un cupcake.

Il rit et passe un bras autour de mes épaules, et c'est dans un confort coupable que je continue à regarder le gigantesque prédateur marin avaler des jambes et des corps avant d'être pulvérisé par une bombe.

17.

Il y a beaucoup de photos sur la commode d'Edi. La plupart sont de Dash seul. Il y en a quelques-unes d'elle avec son fils et son mari, ou avec son frère et leurs parents, avant la mort de leur mère. Il y a les photos d'Edi avec ses amis de Brooklyn, et d'Edi avec Alice, qui éveillent sans cesse ma jalousie. Et deux photos d'Edi et de moi. L'une d'elles nous montre à quatre ans, assises sur un banc, main dans la main. Je porte un jean à pattes d'eph et une veste à capuche fourrée. Elle porte un pantalon à carreaux rouges et blancs et un manteau en fourrure rouge que je convoitais. Elle ressemble à un mini-mannequin et moi, à une enfant figurante sur le tournage de *Jesus Christ Superstar*. Sur l'autre photo, Edi, belle à tomber par terre, a l'air comiquement paniquée dans sa robe blanche à bretelles avec ses Mary Jane en satin blanc et ses cheveux bruns tirés en un chignon parfait. On me voit derrière elle, avec des sabots Dansko et de grandes créoles en argent aux oreilles, en train de retoucher sa robe. La cérémonie allait débuter et la cinquantaine de boutons qui la fermaient dans le dos s'étaient détachés sous mes doigts.

— Ça va aller, hein ? ne cessait-elle de me demander.

— Tout va bien ! C'est parfait.

— *C'est pour ça* que je t'épouse, avait-elle plaisanté.

Et le photographe avait ri et pris un cliché de l'instant.

La voix d'Edi s'élève dans la chambre :

— Tu peux m'aider ?

— Tu es réveillée ? Bien sûr.

Elle aimerait que je glisse des oreillers sous ses genoux pour atténuer la douleur lancinante qui lui traverse les hanches. Ses jambes sont si enflées et si lourdes qu'on dirait des troncs d'arbre. Des troncs plantés dans des chaussons-chaussettes *Bob l'éponge.* Je les soulève délicatement.

— Comme ça ?

Elle secoue la tête.

Je déplace un peu les oreillers. Elle pousse un soupir.

— Je ne sais pas. Peut-être quelque chose pour soutenir mon dos ?

Le Dr Soprano m'a expliqué que certaines douleurs (dont celles qu'Edi pense ressentir au niveau de ses articulations) sont causées par ses organes défaillants. Que son foie était une sorte de ventriloque qui exprimait sa souffrance en faisant parler les organes et les os voisins.

— Tu veux que j'active la PCA ?

Ils ont branché Edi sur une pompe qui lui permet de s'auto-administrer des doses de morphine. La marque de l'appareil est (véridique) Harbinger – mauvais présage.

— Je peux appuyer là-dessus chaque fois que j'en ai envie ? a-t-elle demandé au Dr Soprano.

— Vous ne risquez pas l'overdose si c'est ce qui vous préoccupe.

Le jour où le vétérinaire est venu pour euthanasier notre vieux chat, Brisket, je lui ai fait rôtir une grosse cuisse de poulet : la chose dont il avait sans doute le plus envie au monde. Je l'ai mise dans une assiette et l'ai encouragé à monter sur la table, au lieu de l'en chasser. Il commençait à la grignoter, ravi, quand il s'est arrêté net et a levé la tête. Ce n'était pas normal *du tout*. Le distributeur d'opiacé a eu le même effet sur Edi.

— J'ai toujours voulu tenter l'héroïne. Mais c'est un peu troublant, ce côté open bar, m'a-t-elle confié, perturbée.

On ne sait même pas si les analgésiques fonctionnent si bien que ça. Elle fait tellement de rétention d'eau que ça doit beaucoup se diluer, là-dedans, non ? Sans compter qu'elle doit avoir atteint un niveau d'accoutumance délirant.

— Oh, mon Dieu, m'a chuchoté Jonah lors de sa dernière visite à sa sœur, voyant les infirmières augmenter le dosage, encore et encore. Ce n'est plus Edi, c'est Keith Richards.

À présent, elle aimerait travailler un peu à une lettre qu'elle compte laisser à Dash. Une sélection de souvenirs de son enfance et de conseils pour l'avenir. Je m'assois sur le lit à côté d'elle, et tape ce qu'elle me dicte. Des choses touchantes, d'autres délirantes. Il devra faire toutes ses pâtisseries avec du chocolat Valrhona, peu importe ce que ça lui coûtera (je ne peux qu'être d'accord). Il aura l'impression qu'il ne pourra jamais se remettre de son premier chagrin d'amour, mais il s'en remettra, lui promet-elle, il se sentira de mieux en mieux, jusqu'à qu'il ne reste plus qu'une toute petite cicatrice, presque invisible, au fond du cœur (tellement vrai !). S'il lui arrive de se sentir abattu, sans savoir pourquoi, il devra manger un en-cas protéiné, comme du Cottage cheese, ou du Jerky sans sel (indubitablement). Le vinaigre blanc est aussi efficace que les produits nettoyants toxiques, et il ne contient que... du vinaigre (censé). Il faudra qu'il prenne des cours de tennis, et qu'il s'entraîne suffisamment pour exceller à ce sport.

J'arrête de taper.

— Dis, Ed. Ce n'est pas lui mettre une trop grosse pression, ça ? Personne ne joue au tennis dans ta famille.

Je me représente Dash avec un petit bandeau à la Björn Borg, inconsolable d'avoir raté son lobe. *C'était le dernier vœu de ma mère sur son lit de mort !*

— Mouais.

Elle ouvre une San Pellegrino au pamplemousse, verse la canette entière dans son verre, et tire sur la paille jusqu'à ce qu'il ne reste plus une goutte de liquide sous les glaçons.

— Laisse-le quand même. Ça paraît si cool, le tennis !

Bon. Je mets cette recommandation entre guillemets pour penser à l'effacer plus tard.

Il faudra qu'il fréquente une école de l'Ivy League (guillemets), si possible (alors d'accord).

— Des cerveaux performants, on en a en stock ! récite Edi d'une voix traînante.

C'est le slogan de la vieille publicité pour le Technical Career Institutes, que nous avons entendu un bon milliard de fois à l'époque où nous regardions les rediffusions de *L'Île aux naufragés*, et de *Fame*, à plat ventre sur le tapis. Nous recherchons la pub sur YouTube. Elle est là. Nous passons un moment à visionner toutes les vieilles publicités pour les biscuits glacés dont nous nous souvenons (Fudgie la Baleine ! Cookie Puss ! Wicky the Witch). Quelle crétine je suis, me dis-je. Et si Edi vivait son dernier jour ? Elle n'allait quand même pas le passer à regarder des pubs ridicules ! Mais quelles sont les autres possibilités ? Que pouvons-nous faire du peu de temps qu'il nous reste ?

En parlant de restes (Ha ha ha), Olga entre et demande des nouvelles du transit intestinal, ou de l'absence de transit intestinal, d'Edi.

— OK, peut-être qu'ils sont vides, conclut l'infirmière en donnant une petite tape sur son ventre comme s'il s'agissait d'un vilain garnement.

Edi se connecte sur la vidéo live du zoo pour suivre le quotidien d'une girafe enceinte qu'elle veut voir mettre bas.

— Oh, non ! Merde ! Elle a déjà eu son bébé ! J'ai loupé l'accouchement !

Je lui demande si elle veut qu'on le visionne en différé.

— OK, dit-elle en cliquant sur la flèche « lecture ».

Et c'est le spectacle le plus étonnant du monde. La femelle se promène en poussant des gémissements, les genoux fléchis, sa fourrure en mosaïque luisante. Et le mâle se promène aussi. Ils se rejoignent et se séparent aussi harmonieusement que s'ils exécutaient une chorégraphie. Pendant ce temps, sur le fil du chat, les humains manifestent leur gêne et leur bizarrerie, à travers des commentaires tels que : « Elle va vraiment accoucher ! », ou : « C'est trop long, je vais me préparer un sandwich », ou : « ARRÊTEZ D'ÉCRIRE EN CAPITALES ! », ou : « J'espère qu'elle va y rester, jk. » Pendant ce temps, la femelle girafe commence à pousser, tournée vers un angle de son box, et une grosse masse sombre émerge entre ses pattes arrière, puis se rétracte. La girafe secoue la queue, et le revoilà ! C'est la tête ! Non, ce sont les sabots. Les deux : la tête et les sabots. Le bébé semble plié en deux. La poche qui l'enveloppe se déchire. Pendant un instant, plus rien ne bouge. Cette créature pas encore née appartient à deux mondes à la fois : à celui de l'avant et à celui de l'après. Et soudain, avec un énorme *splash*, le girafon s'écrase au sol, expulsé par sa mère, dans un dernier effort héroïque. La girafe se retourne pour accueillir son petit qui gigote de tous ses membres.

La vie ! Mince alors. J'essuie mes larmes sur ma manche.

— *Berk.* Dégoûtant ! s'exclame Edi, refermant l'écran de son laptop.

— Qu'est-ce que j'ai manqué ? lance le Dr Soprano depuis l'entrée de la chambre, Farrah sur les talons.

— Pas grand-chose. Je crois que mes yeux se ferment, dit Edi, piquant déjà du nez.

— Je peux vous parler, Ash ? me lance le médecin.

— J'allais justement partir.

— Prenez votre temps. Je vous attends dans mon bureau.

Un petit moment plus tard, je suis étendue sur sa moquette en laine avec pour seuls vêtements mes chaussettes en laine.

— Fais ce que tu veux de moi. Prends-moi. Je te jure que j'en ai autant envie que toi, mais je suis si fatiguée que je vais juste rester là, par terre.

Le sexe du Dr Soprano me fait penser à ces énormes zucchinis que ma mère surnomme les « battes de base-ball », qu'on doit laisser égoutter, puis sécher un long moment avant de les mixer pour en faire de la chapelure, parce qu'ils sont trop gros pour être cuisinés. Et c'est plutôt une bonne chose, mais ça risque de m'épuiser davantage encore.

Il se redresse sur un coude, avec un sourire en coin.

— Mouais. Un rapport sexuel entre deux adultes consentants. *Génial.*

— Je sais. Ausculte-moi.

Il réfléchit.

— Narcolepsie sexuelle ?

— Oh mon Dieu, ça existe ?

Il rit.

— On dirait bien.

Je me redresse, m'agenouille et tente de m'impliquer verbalement dans cette interaction physique. Je vais même jusqu'à ôter mes chaussettes. Et je m'amuse beaucoup plus que je ne m'y attendais.

— Tu es la femme sexy la plus adorable que j'aie jamais rencontrée, murmure le Dr Soprano en me dévorant des yeux.

Je regarde mes coudes éraflés sur la moquette.

— Pas du tout, je t'assure. J'ai l'impression d'être un hologramme dans un épisode de *Scooby-Doo.*

— Tu es si chouette avec Edi.

— Tu veux parler de mon envie de passer pour une amie héroïque ? Il faut que je me fasse violence pour venir ici parfois, tu sais ? Tu n'imagines pas. Je préférerais rester au lit avec mes chats et ma fille, à boire du vin au goulot et à vider des sachets de nachos les uns après les autres.

Je rassemble mes vêtements pour moi, et je les passe un à un, faisant de longues pauses.

— Ce n'est pas un crime de se sentir dépassée, me dit-il d'un ton doux.

J'ai réussi à enfiler mon soutif et mes chaussettes.

— Je ne me sens pas dépassée.

Ruth a remis *Un violon sur le toit.* Golde chante l'irritant « Do I Love You ? ».

— Je me sens *lâche.* Je me sens conne.

— Non. Tu es juste un peu bizarre.

— Dans le sens de *tordue* ?

— Non. Dans le sens de *perdue.*

Est-ce que le Dr Soprano est condescendant à mon égard ? Officiellement, je me sens offensée. Mais, officieusement, il est possible qu'il y ait du vrai dans ce qu'il dit.

18.

Chou vient de passer récupérer des clés coudées dont il a besoin pour le dispensaire.

— Tu penses que je suis une conne ? lui ai-je demandé pendant qu'il fouillait dans sa boîte à outils.

— Il y a un contexte particulier ?

— Non.

— Alors, la réponse est oui.

— Merci.

Il a souri.

— Pas de quoi.

De retour à Gracieuse, j'aide Edi à se préparer pour dormir.

— Je peux te poser une question ? me demande-t-elle.

Sa chemise de nuit et son haleine mentholée m'évoquent tant les pyjama parties de notre enfance que je suspens mon geste, alors que je m'apprêtais à essuyer son visage avec un linge tiède.

— Bien sûr.

— Est-ce que tu couches avec le Dr Soprano ?

— Euh… Ouais ? Enfin : j'ai *couché* avec lui.

— Ash.

— Tu es en train de me juger, là ?

— Te juger ?

Ses yeux étincellent. Ma vieille amie est de retour. *Incandescente.*

— Est-ce que je trouve mal que tu couches avec le médecin de mon unité de soins palliatifs, et que tu… *bousilles* ta vie de famille parfaite ? Oui, je trouve ça mal.

Je ne réponds pas.

— Tu attires toujours ces personnes qui n'ont aucun sens des limites. Tu les collectionnes. Alors que tu as un mari qui t'aime. Je sais qu'il n'est pas parfait…

Je me retiens de lancer le fameux *Nobody's perfect !* de *Certains l'aiment chaud.*

— … mais c'est un homme bien, il a de l'humour, il est séduisant, il est loyal et c'est un père formidable.

Oui, tout cela est vrai. C'est aussi le genre d'homme qui vient vous récupérer à votre sortie de l'unité de soins où votre meilleure amie vit ses derniers instants, vous paye un café, et vous laisse vous épancher sur lui sans piper mot, même quand il paraît sidéré par ce que vous lui dites.

— Et il t'adore.

— Je sais.

— Je ne demanderais rien de plus, Ash. Que de continuer à aimer et être aimée.

Elle fond en larmes. Moi aussi.

— De conserver mon mariage imparfait. Ma famille. Ma vie… Pardon. Je sais que c'est culpabilisant. Mais ce que je perds, toi, tu *choisis* de l'abandonner.

Je m'assois au bord de son lit et prends ses deux mains dans les miennes.

— Oh, je suis désolée, Edi… Mais ce n'est pas si simple.

Chou et moi avons loué une maison à Cape Cod, une fois. Mes parents étaient venus y passer deux jours. Nous les avions emmenés manger des fruits de mer dans un restaurant de la jetée. Nous avions dégusté des palourdes farcies et de la bisque de homard sous un ciel d'un bleu aussi improbable que celui d'un dessin d'enfant. Une mouette était restée plantée sur le bord de notre fenêtre durant tout le repas, essayant laborieusement d'avaler une étoile de mer, écrasant la créature de ses pattes et gobant ses branches à quelques centimètres de nos assiettes.

— La vue est vraiment ravissante, avait commenté ma mère avec ironie.

Je crois que j'avais ri. La perfection absolue et une mouette en train de s'étouffer avec une étoile de mer plein milieu : ça me paraît une bonne métaphore de ma vie.

— Et pourquoi ça ? insiste Edi. Pourquoi tu ne déciderais pas que c'est simple ?

Ce serait possible ça ? La question me taraude encore sur le chemin de la maison.

Le mariage est une chose perturbante pour moi. Parfois, il m'évoque une lutte de chaque instant contre la trivialité des fonctions corporelles : le bruit de la ventilation de la salle de bains qui chasse les mauvaises odeurs, ou celui d'un coupe-ongles au-dessus d'une poubelle, la découverte d'un coton-tige sale sur le comptoir de la cuisine ou d'un sillage de poils fraîchement rasés sur le rebord du lavabo. Des traces de la vie en commun qui souillent tout, sans relâche ! Qui peuvent vraiment vous ôter votre joie de vivre.

Quant à notre vie sexuelle, elle ressemblait à une plante d'appartement négligée, poussant comme une mauvaise herbe vers la lumière de la fenêtre et lâchant des feuilles jaunies. Et puis, tout à coup, se requinquait et s'égayait de boutons prêts à éclore.

Parfois, quand nous regardions la télé, la main de Chou sur ma cuisse me faisait l'effet d'une tranche de jambon *flanquée* sur une tartine de pain. Et des souvenirs épars de moments avec Luca rejaillissaient sans crier gare : la boucle de sa ceinture heurtant le sol, un bouton manquant à sa chemise, son odeur boisée. Luca était passionné. Mais il était aussi dégoûtant et volage. Je voulais le beurre et l'argent du beurre : une sorte de Frankenstein fait d'un assortiment de qualités qui ne pourront jamais cohabiter dans la même personne sans vis ni coutures.

Les jours qui ont précédé le départ de Chou, nous nous sommes disputés jusque tard dans la nuit. Et quand il a fini par s'endormir, ma fureur a décuplé. Même si j'avais piqué du nez, moi aussi, à un moment. J'avais besoin de lui dire ce que je ressentais. Il y avait tant de passion en moi, tant d'amour à donner que je n'arrivais pas à laisser sortir. J'avais le sentiment d'être devenue une machine à proférer des sentences : « Tu n'as jamais », « Tu as toujours », « Je me serais sentie moins seule sans toi », « C'est n'importe quoi cette vie. » Lors d'une de ces disputes, je me souviens avoir songé que se disputer avec Chou était aussi inutile que de tenter de vider un fond de tube de dentifrice : le tube avait beau être mou, quand ça ne voulait plus sortir, ça ne sortait plus. Et au moment où je me faisais cette réflexion, il avait lancé d'un ton découragé : « J'ai l'impression d'essayer d'aimer un scalpel. »

Non, pas un scalpel. J'étais plutôt une sorte de seiche désespérée. J'envoyais des nuages d'encre en sanglotant : « Pourquoi tu ne me vois pas ? Pourquoi es-tu incapable de me voir ? »

Nous restions aussi silencieux de longs moments, luttant contre le sommeil. Je ne cessais de me répéter : *Tends-lui la main*, mais il aurait fallu un pied-de-biche pour me faire esquisser le moindre geste vers lui. Ou un tremblement de terre. Nous étions conscients que s'endormir en colère était un point de non-retour, et, cependant, nous nous endormions. Quand Chou a fini par quitter la maison, nous passions notre temps à nous disputer.

Seulement, à présent, je ne sais plus que penser quand je vois mon grand et séduisant mari. Nous nous sommes rencontrés dans un restaurant où il travaillait comme chef et moi, comme serveuse, juste après l'université. C'était un bel endroit avec des murs ocre et des appliques murales aux reflets ambrés. Un petit bouquet de roses roses trônait au centre de chaque table. Chou faisait un ragoût de bœuf riche et délicieux, et des steaks frites parfaits. Il faisait aussi de la polenta au poivre vert et au parmesan, et de la soupe toscane luisante d'huile d'olive. Quant à moi, vêtue d'une chemise blanche amidonnée et d'une jupe longue noire, j'offrais des avis tranchés (« Le canard confit, sans hésitation »), empochais d'énormes pourboires et traînais devant le passe-plat, ravie d'entendre Chou lancer mes commandes. La première fois qu'il m'a raccompagnée chez moi, après la fermeture, tout mon être vibrait de désir pour lui. Et dans le même temps, je me sentais incroyablement sereine. Avec du recul, cela me paraît toujours aussi paradoxal.

Se pourrait-il qu'Edi ait raison ? Et si c'était juste un vœu de mourante, sans lien réel avec moi ? Qui sait, peut-être que demain elle me demandera de devenir championne olympique de saut à la perche ?

— Ash ?

Je sursaute. Mon mari vient de se matérialiser devant moi, comme pour exaucer un vœu.

— Désolé. J'ai frappé pourtant.

Il s'assoit à côté de moi, sur le canapé, et mon cœur s'emballe.

— Je rapporte les clés coudées.

— Dieu merci. J'avais justement besoin… de clés coudées.

Il rit et me demande des nouvelles de Belle, qui est sortie avec des amies.

— Elle vient de découvrir que la semoule au lait est une « vraie connerie ».

Il rit bizarrement. Je lui demande :

— Tu as fumé ?

— Un tout petit peu, dit-il, mimant ce petit peu avec son pouce et son index.

Je respire sa bonne odeur de bois de santal. Aussi familière que le contact de sa peau chaude contre la mienne, que cette énergie qui irradie de nous, sorte de zone de turbulences moléculaires. Petites, les filles avaient une ferme Fisher-Price. C'était leur jouet préféré. Elles passaient le temps à coucher le cochon, la vache, la poule et le cheval, puis à réveiller tout le monde et à remplir le petit silo de maïs et de flocons d'avoine. Quand leur père et moi voulions un peu d'intimité, nous mettions les piles dedans. Avec le courant en plus, des hennissements s'élevaient de l'étable, diverses choses tournaient et j'imagine que la ferme s'animait de maintes autres manières, mais j'étais trop occupée à m'ébattre avec leur père pour m'en préoccuper. Chou avait surnommé le jouet « la ferme de l'amour », et, en réalité, toute la maisonnée en raffolait. Chaque fois que je descends pour tirer nos vêtements du sèche-linge, je la remarque sur l'étagère du sous-sol et sens toujours une vague de désir m'envahir.

Je prends la main de Chou.

— Viens dans la chambre avec moi…

Je devrais être soulagée qu'il ne s'écarte pas et ne calcule pas les probabilités d'attraper une chlamydie ou des morpions dans mes draps, mais ce qu'il fait est presque pire. Il dépose un baiser sur mon front et répond :

— Je ne pense pas que ce soit une si bonne idée que ça.

19.

Belle est dans son lit. Elle mange des nachos en feuilletant le nouveau catalogue d'*American Girl.*

— Toutes ces choses me font toujours autant envie tu sais, me confie-t-elle, désignant un camping-car hippie et un stand de granita de poupée, avec toutes sortes d'accessoires aux couleurs criardes. Pas par nostalgie : je les veux vraiment.

Elle a passé un nombre d'heures incalculable à admirer ces produits.

— Avec de véritables lumières clignotantes !

Elle soupire, tourne la page.

— Waouh !

Elle ouvre de grands yeux, puis son visage reprend une expression stoïque.

— Non. Fausse alarme. Je pensais qu'ils avaient enfin créé une poupée lesbienne, mais c'est juste un garçon normal. Regarde, le modèle *Logan.*

En effet.

Elle jette le catalogue par terre.

— Tu as déjà vu une chauve-souris, maman ?

— Oui.

— Au repos, on dirait la plus gentille des petites créatures, mais quand elle étire ses ailes, elle devient immense et ressemble à un monstre de film d'horreur, tu ne trouves pas ?

— Si.

— Eh bien, je pense que c'est pareil avec les sexes d'homme.

— Pardon ? Quoi ?

Belle fourre un énorme nacho dans sa bouche, puis lève un index pour que j'attende qu'elle finisse de le mâcher.

— Je veux parler des pénis, clarifie-t-elle inutilement. Au repos, c'est tout doux et petit. On dirait une créature marine très délicate. Et puis, tout à coup, ça s'étire et ça ressemble à une sorte de tentacule alien.

— Où as-tu vu tous ces sexes d'homme ?

— Dans du porno hétéro.

— Et… tu ne voudrais pas… visionner *moins* de porno hétéro ?

Belle cueille la dernière trace de fromage fondu de son assiette avec le doigt.

— On voulait juste voir comment font les hétéros, Scriv et moi. Mais c'est encore plus dégueu que je l'imaginais.

— Tu aimerais discuter de certaines pratiques en particulicr ?

À l'école primaire, notre professeur d'atelier d'éducation manuelle et technique, M. Sumner, passait son temps à nous énumérer les consignes de sécurité relatives à l'utilisation des appareils électriques. Il avait perdu trois doigts d'une main, et le pouce de l'autre. Je me faisais l'effet d'une version féminine de M. Sumner, spécialisée en éducation sexuelle.

— Non, ça va. Mais j'en discuterais totalement avec toi si c'était le cas.

Elle mâche, songeuse.

— Mais j'ai une question en lien direct avec le sujet : un cache-sexe sans coquille, quel intérêt ça représente comme vêtement ?

Absolument aucune idée. Elle enchaîne :

— Tu n'as pas été agressée sexuellement pas un gars, un jour, dans un magasin de sous-vêtements ? Je t'ai entendue en parler à papa, une fois.

— Non. Enfin, peut-être… Ce n'était pas dans un magasin de sous-vêtements, c'était dans le rayon lingerie du grand magasin où mamie m'emmenait pour m'acheter des soutien-gorge. Le gars qui travaillait là-bas me tripotait. Il entrait dans la cabine d'essayage quand j'étais seule et me pelotait avec ses mains moites et rugueuses. C'était un peu dégeu, c'est vrai. Mais pas si terrible.

Ma fille me dévisage avec un air sceptique.

— *Un peu dégueu ?* Tu plaisantes ? C'est carrément affreux, ce qu'il t'est arrivé. Il t'a fait sauter sur ses genoux, aussi ?

— Non. Ça, c'était le gars du magasin de bricolage.

— Mon Dieu, quelle époque ! Oh, au fait... c'est sans aucun rapport mais on n'a plus de kringle.

Le kringle est une viennoiserie fourrée aux cerises que j'achète parfois pour faire plaisir aux filles.

— Non, ce n'est pas qu'on *n'a plus de* kringle. Ce n'est pas comme le lait ou les œufs.

— Et ça ne pourrait pas le devenir ? On ne pourrait pas toujours avoir du kringle à la maison ? La vie est trop courte pour ne plus avoir de kringle. Ça pourrait être ma devise.

Je ris et promets d'y réfléchir.

— Ce serait mal de couper les pattes d'un chat ? me demande-t-elle alors. Pour qu'il soit plus...

Elle pose son assiette par terre et attire Jelly contre son cou.

— ... douillet. Et c'est tellement ennuyeux, cette façon qu'ont les minous d'aller et venir à leur guise.

Ce sera difficile à vendre au vétérinaire, comme concept.

— Oh, et tu sais que le Sénat a son tapissier préposé ?

Petite, Belle pouvait poser ses questions sans queue ni tête jusque tard dans la nuit. Et, le matin, vous sentiez son haleine au milk-shake sur votre visage quand elle vous réveillait d'un : « Pourquoi les oignons ont la peau si fine ? »

— C'est vraiment un boulot : tapissier du Sénat, insiste-t-elle.

Jelly ronronne toujours, couchée sur l'adolescente, en dépit de la possibilité de se propulser ailleurs que lui offrent ses quatre membres inférieurs.

— Tu penses que le gars regarde les débats des sénateurs à la télé, reprend-elle, et qu'il bondit chaque fois qu'un stylo tombe sur un fauteuil en criant : « Merde, il va falloir le retapisser ! » ou : « Youpi, encore du boulot pour moi ! » ?

Je l'interromps :

— Dis-moi, Belle.

— Oui ?

— Tu sais si papa a une petite amie ?

Elle me dévisage par-dessus la tête du chat.

— Euh, oui. Je crois qu'il en a une.

— Tu *crois* ?

— Je pense qu'il en a une, ouais.

— Tu la connais ?

— C'est une de ses clientes.

— Une cliente du dispensaire de méthadone !

— Mais non, maman. Une cliente de l'époque où il était traiteur. Et quand bien même, les gens qui viennent au dispensaire sont également des *clients*.

— Oui. C'est juste. Désolée.

Belle est mal à l'aise, bien entendu. Il serait sage que j'arrête de l'interroger. Néanmoins, je demande :

— Comment elle s'appelle ? Tu la connais ? Je la connais ?

— C'est Gemma.

— La mère des jumeaux ?

— Ouais.

— Finola et Phineas. Il fallait y penser.

Gemma et moi nous sommes croisées une ou deux fois dans un cours de yoga. C'est une jolie Anglaise d'une dizaine d'années plus jeune que moi. J'aurais préféré une femme du genre *Desperate Housewives,* avec des seins gonflés, une faiblesse pour les commérages et un dévouement hors du commun pour ses enfants hyperactifs. Mais Gemma est super *healthy*. Elle fait sûrement son kombucha elle-même. Enfin, moi aussi je fais mon propre kombucha... Il faut dire qu'on vit dans une ville où on peut croiser son orthodontiste lors d'une représentation des *Monologues du vagin.* Mais Gemma a un petit côté *pull irlandais* en plus. Un petit côté *nattes blondes* bien sages.

— Maman. Arrête.

Oups. Apparemment j'ai pensé à voix haute.

— Ça ne m'emballe pas tellement non plus, tu sais. Mais tu te tortures pour rien. Tu aimerais juste que papa te regrette toute sa vie. Je suis désolée, mais c'est la vérité. Et je ne trouve pas ça correct. Si les prénoms des enfants de sa petite amie te déplaisent, tant pis pour toi. Il va falloir que tu t'y fasses.

— Tu as raison. Tu as entièrement raison. Je suis désolée de t'avoir mêlée à ça.

— C'est bon, maman. Je sais que c'est difficile pour toi.

Elle me tend le chat.

— Tu as le droit de ressentir ce que tu ressens, conclut-elle.

Une phrase que je leur ai répétée des milliers de fois, à sa sœur et elle. *Comment ai-je fait pour mériter d'avoir une enfant si fantastique ?* ai-je envie de répondre en sanglotant.

J'opte pour un sobre :

— Merci ma chérie.

20.

Edi est tombée. J'étais avec elle dans la chambre, mais je dormais, et je ne sais pas vraiment comment c'est arrivé. Un peu plus tôt dans la nuit, je l'ai entendue pleurer. Quand je me suis levée de mon lit d'appoint pour aller la voir, elle était trempée. Jay, l'aide-soignant de service, m'a aidée à la changer puis, voyant Edi grelotter debout en attendant qu'on refasse son lit, j'ai proposé qu'elle s'allonge avec moi pour se réchauffer. Jay a approuvé l'idée. Quand je l'ai serrée contre moi, Edi s'est mise à sangloter et m'a murmuré : « Emmène-moi loin d'ici, Ash. » Les larmes aux yeux, j'ai répondu : « J'aimerais tellement. » Elle a répondu : « Je sais », et s'est endormie. Le tas de draps sous le bras, Jay a posé un doigt sur ses lèvres, puis éteint la lumière et fermé la porte derrière lui.

Et quand j'ai rouvert les yeux, Edi était par terre, l'air sonné.

— Oh mon Dieu !

Je me suis agenouillée près d'elle, luttant contre le vertige. J'ai réussi à tirer sur l'alarme, puis me suis agenouillée et j'ai posé le front sur la moquette pour que le monde cesse de tanguer.

Jay est arrivé en courant et a palpé Edi.

— Ça fait mal ? Et là ?

— Non, répondait-elle, avec un petit sourire égaré, étendue sur le dos. Je vais bien.

Son rythme cardiaque était élevé mais elle n'avait rien. Nous l'avons aidée à s'asseoir. Son cathéter était sorti de son bras. Elle regardait l'endroit où il aurait dû se trouver en répétant :

— Oh, mince. Oh, mince. Oh, mince.

Si Winnie l'Ourson était tombé par terre en essayant de s'échapper d'une unité de soins palliatifs, et avait accidentellement fait sauter son cathéter, c'est sûrement ce qu'il aurait dit.

À présent, il y a un panneau RISQUE DE FUITE sur la porte de sa chambre. Et un détecteur de mouvements fixé à son lit. Le pire, c'est qu'on a trouvé du sang dans sa stomie. Elle vient de s'endormir. J'attends le passage du Dr Soprano. Violet est arrivée de bonne heure et lui a injecté un antidouleur, mais il faut qu'un spécialiste rebranche sa perfusion. Edi a la tête renversée sur son oreiller. Ce n'est pas la vision la plus *animée* qu'on puisse imaginer. Je regarde sa poitrine s'élever et redescendre, assise sur une chaise près de la fenêtre. Je suis tellement fatiguée que j'en ai la nausée.

La porte grince et une vieille dame que je ne connais pas entre sur la pointe des pieds. Elle se dirige vers la commode, fouille dans un tiroir et en sort l'un des pulls d'Edi quand Violet fait irruption dans la pièce.

— Vous avez froid, Lois ? lui demande-t-elle gentiment.

Elle me souffle un « désolée » et l'entraîne dans le couloir.

— Ash ?

C'est le Dr Soprano.

— La nuit a été éprouvante, apparemment, murmure-t-il aussi bas que le lui permet sa grosse voix.

— Mon Dieu, oui.

Il tire la chaise à roulettes du bureau et s'assoit à côté de moi.

— Bon. Une ou deux choses importantes, commence-t-il. Du sang dans la stomie est un signe d'hémorragie interne. Nous ne savons pas encore où pour le moment. Le foie, les reins, les intestins à l'endroit de la dernière intervention ? On verra avec le temps.

— Et on peut faire quelque chose en attendant ?

Il soupire, pose ses deux grosses mains sur ses genoux et se penche vers moi.

— Non. C'est la règle la plus difficile des soins palliatifs, Ash. Nous allons faire de notre mieux pour qu'elle se sente aussi bien que possible. Ce qui signifie que nous allons lui remettre son cathéter et continuer à bien l'hydrater. Mais c'est tout. Ce qu'il se passe… est la suite prévisible de sa maladie.

Violet entre discrètement, dépose le pull plié d'Edi sur une chaise et repart. Farrah, qui en a profité pour se glisser dans la chambre, pose son museau sur mes genoux et me regarde avec un air malheureux.

Je lui caresse les oreilles.

— Mais ce n'est pas… C'est ma faute. Elle est tombée. Je n'aurais pas dû m'endormir. J'aurais dû veiller sur elle. Je veux dire que…

Qu'est-ce que je veux dire au juste ?

— Elle n'aurait pas dû tomber. Ce n'est pas une suite prévisible de sa maladie, cette chute.

— Je comprends ce que tu veux dire, Ash. Mais on ne peut pas prévenir tous les risques non plus.

Il frotte sa barbe naissante.

— On fait juste notre possible pour les prévenir. Mais ces choses-là arrivent. L'agitation, l'imprévisibilité font partie du processus. À ce stade de la maladie, c'est assez commun. De tenter de fuir.

Emmène-moi loin d'ici. Loin de l'unité. Loin de ce corps brisé.

— Il serait sans doute bon de contacter les proches qui voudraient prendre la route pour venir la voir encore une fois.

J'acquiesce.

La pression est trop forte. Et je n'ai pas de fromage pour Farrah qui finit par se détourner et repartir, la queue basse. Mon souffle rauque résonne dans le silence.

— Tu n'y es pour rien.

— Je le sais, dis-je, finissant de déchiqueter un mouchoir en papier mouillé de larmes. Que va-t-il se passer, maintenant ?

Il hausse les épaules et prend mes mains dans les siennes, sans se soucier des restes du mouchoir souillé.

— Nous ne savons pas vraiment comment elle va vivre ses derniers instants. Elle va peut-être beaucoup dormir, ou se refermer sur elle-même et parcourir le reste du chemin intérieurement. Mais, à mon avis, on aura encore l'occasion de l'entendre un peu.

Il sourit.

— C'est un être lumineux. Elle a de la *voix*, de la détermination.

Comme pour lui donner raison, le support de l'intraveineuse d'Edi se met à biper et elle ouvre les yeux.

— Tartelette à la fraise ? demande-t-elle d'une voix rauque.

Je m'accroupis à son chevet.

— Hé, Eds !

Elle se râcle la gorge.

— Ou des amandes grillées.

— OK, dis-je.

Elle plisse les yeux.

— C'est la sonnerie d'un Food Truck ? tente-t-elle, pour me faire sourire.

— Hélas, non.

— Il m'avait semblé l'entendre, pourtant.

— Je pense que c'est ton goutte-à-goutte qui est vide. Pour la tartelette, ça va être compliqué, mais un biscuit aux fraises est tout à fait à portée de main.

— D'ac.

Elle essaie d'humecter ses lèvres gercées. Je lui tends un verre d'eau qu'elle boit à la paille, puis tire du baume du tiroir de sa table de nuit et lui fais signe d'étirer ses lèvres pour que je puisse lui en étaler dessus.

— Bon, puisque vous êtes réveillée, autant en profiter pour vous embêter un peu ! lance le Dr Soprano.

Il l'ausculte avec son stéthoscope, regarde ses yeux et lui demande de lui montrer les endroits où elle a mal.

— Ici, dit-elle en désignant sa tête. Puis aussitôt, pointant un doigt vers la fenêtre : Non, là.

Il répond :

— Peut-être les deux.

Il manipule son intraveineuse.

— Vous avez l'air bien, Edi. Appelez si vous avez besoin d'un anti-douleur. Ash, vous m'accompagnez ?

Dans le couloir, il me dit :

— Je repasserai tout à l'heure. J'ai appelé la chirurgie vasculaire, on va lui remettre ce cathéter.

— D'accord.

Nous échangeons des sourires tristes.

Je lui dis : « Salut », avec un air de *Ne me laisse pas seule !* Il me répond : « Tiens bon, Ash », et s'en va.

De retour dans la chambre, Edi est toujours éveillée mais ne semble pas vouloir parler, ni faire quoi que ce soit d'autre. J'envoie un message à Jude, puis j'ouvre mon ordinateur pour écrire un e-mail à tous ses proches. Jonah et leur père.

Alice et deux autres amis de Brooklyn. Des amies d'université (tellement d'autres amis ! Mais à quoi bon ?). J'en joins une copie à Jules, Chou et mes parents. Le sujet du message ? Je tape : *Nouvelles prévisibles*, mais efface aussitôt la formule, craignant de laisser supposer qu'elle serait morte. Je remplace par : *Les derniers développements.* J'essaie de décrire ce qu'il se passe sans faire peser ma culpabilité et mon malaise sur eux. « Je serais heureuse de vous aider à faire un FaceTime avec Edi, ce qui paraît résolument être la solution la plus commode. Cependant, je déteste devoir écrire ces mots, mais si vous voulez avoir une chance de voir Edi en personne, alors venez sans tarder. » J'efface « sans tarder » et remplace par « au plus vite ». Je précise que je serai ravie de les recevoir chez moi. Que nous avons tous les matelas gonflables et les sacs de couchage nécessaires. J'envoie et écris un texto à chacun d'eux pour les prévenir de l'existence de ce message.

Putain, répond Jude. *J'arrive.*

D'accord.

Edi remue. Je me lève, mais elle semble ne rien vouloir.

Putain, écrit de nouveau Jude. Puis, trois points. Puis, *Et Dash ?*

Oui ?

Je ne veux pas l'amener. Mais je ne peux pas le laisser.

Oh, Jude, je suis désolée. Tu veux que je vienne le garder ?

Non. Reste avec elle. Je vais trouver une solution.

Je reçois un e-mail de mes parents : ils me disent qu'ils m'aiment et me demandent si je souhaite qu'ils viennent. Je leur réponds : « Ça me suffit de savoir que vous êtes là. Merci. » Jonah et Jules m'écrivent en même temps qu'ils arrivent.

J'écris à ma fille : *Tu n'es pas obligée de venir, ma chérie.*

Je le sais maman. Je veux venir.

Cedar passe la tête dans la chambre.

— Salut, Edi. Salut Ash. Je peux vous jouer quelque chose ?

Edi lui sourit.

— C'est un oui ?

Quel amour, ce gamin. Quel pro. Il tire une chaise jusqu'au lit et elle pose un doigt sur son front pour lui signifier qu'elle réfléchit.

— Doily ? demande-t-elle.

— Doily ? Encore une que je ne connais pas.

Edi secoue la tête, *pas doily*.

— Et si je jouais juste une de vos chansons préférées ?

Elle secoue la tête et insiste :

— Doily.

Se frappe le front et rit.

— Oh, Edi. Tu as un mot sur le bout de la langue mais on entend vraiment *doily*.

Elle rit et hausse les épaules.

— « Across the Universe » ? propose Cedar.

Elle sourit.

— *Words are flowing out like endless rain into a paper cup…*

Mes yeux se ferment tout seuls.

— Je vais m'allonger une seconde.

Je grimpe dans le lit pliant et m'endors au son de la voix d'ange enrouée de Cedar. *Nothing's gonna change my world.* Mais mon monde est en train de changer.

Quand je me réveille, Cedar est parti et Violet est là avec un carton dans les bras.

— Quelque chose est arrivé pour vous, Edi.

— C'est quoi ?

Violet pose le colis sur le bureau.

— Je ne sais pas. Il va falloir l'ouvrir pour le savoir !

Il y a une adresse à New York écrite à la main dans un coin, et du scotch d'emballage épais partout. Je finis par le couper avec la lime du coupe-ongles d'Edi et soulève les rabats. Je comprends aussitôt de quoi il s'agit en découvrant le carton de pâtisserie rose lié avec une cordelette rouge et blanc. Il nous faut une fanfare ! J'appelle Jude et propose de faire un FaceTime, en lui précisant qu'il ne se passe rien de grave.

Je donne le téléphone à Edi, qui fait coucou à son mari et retourne chercher le carton. Nous orientons le téléphone afin que Jude puisse voir la boîte décorée de deux étiquettes : une petite en forme de fleur sur laquelle on peut lire AMITIÉ, DAISY, en belles lettres cursives, et une autre imprimée des mots (oui !) GÂTEAU SICILIEN AU CITRON ET À LA POLENTA. Edi rayonne.

— Oh, mon Dieu ! s'exclame Jude.

Je souris.

— N'est-ce pas ?

Je file à la cuisine chercher un couteau et des assiettes à dessert. Je retourne dans la chambre au pas de course, lorsque je songe à la bouteille de champagne, conservée au frigo avec une étiquette GÂTEAU D'EDI. Quand j'entre dans la chambre, chargée des verres, des assiettes des couverts et de la bouteille, Jude et Edi discutent à voix basse. Je soulève le couvercle de la boîte et coupe une belle tranche du gâteau parfumé et saupoudré de sucre glace. Je tends l'assiette à Edi, récupère le téléphone et l'oriente comme une caméra pour filmer la scène. Jude fredonne le thème de *Rocky* tandis qu'Edi mord dans le gâteau, les yeux fermés.

— La perfection ! L'aigle vient d'atterrir sans encombre ! commente Jude.

Edi avale, rouvre les yeux et pose l'assiette sur ses genoux.

— Je prendrais bien une petite bruine de citron ou n'importe quel autre liquide avec.

Jude éclate de rire. Comment lui faire comprendre que c'est ce qu'elle a dit de moins bizarre depuis ce matin ?

— C'est aussi bon que dans ton souvenir ? lui demande-t-il.

Et, Dieu soit loué, Edi nous adresse un sourire radieux.

21.

J'accueille Jonah dans le couloir, et après avoir échangé une longue étreinte émue avec lui, je le laisse entrer dans la chambre où Edi dort encore, et lui promets de revenir au plus vite. J'ai besoin de prendre une douche, de nourrir les chats, d'être présente quand Belle rentrera de l'école. Je m'arrête sur la route pour lui acheter un kringle. Quand je regagne ma voiture, il y un mot sur mon pare-brise. *Apprends à te garer connasse.* Mon téléphone sonne.

C'est Belle.

— Qu'y a-t-il mon chou ?

Il y a un silence, puis une voix d'homme répond.

— Euh, je parle bien à la mère d'Isabelle Feld ?

— Oui.

Oh mon Dieu.

— Madame Feld, votre fille a eu un accident…

Est-ce à cause des feuilletons télé que nous avons tous l'impression d'avoir déjà vécu ce genre de moment ? Est-ce pour cette raison qu'on sait comment agir en de telles circonstances ? Est-ce que ce monsieur s'est inspiré d'*Urgences* ou de *Grey's Anatomy* pour m'annoncer cette nouvelle ? J'entends presque les violons qui servent de bande originale à la chute qui va suivre. Je sens le sol se dérober sous mes pieds.

Alors que je suis en train de succomber à une crise cardiaque dans ma voiture, la sentence coincée sur mon pare-brise entre les mains, la voix de Belle – ma Belle ! – résonne dans mon oreille : « Donnez-moi ce téléphone, elle va nous faire une crise cardiaque, là ! »

— Maman !

— Oh, mon Dieu, Belle ! Tu vas bien ? Que s'est-il passé ?

— Je vais très bien, maman. Enfin presque très bien. Scriv a un peu embouti sa voiture. Mais on a eu plus de peur de que mal.

— Belle, ma chérie !

J'ai la chair de poule et les cheveux dressés sur la nuque.

— Je suis vraiment désolée, maman.

— Ne le sois pas. Je suis si heureuse que vous n'ayez rien ! Mon Dieu, Belle, quelle frayeur j'ai eue.

— Tu peux venir nous chercher ? On est aux urgences.

Si je peux ? J'arrive ! Je laisse un message à Chou et préviens Jonah et Edi (bien que je ne sois pas certaine qu'elle ait son téléphone à portée de main). Je me gare comme une *connasse* sur le parking de l'hôpital et fonce aux urgences. Je les trouve derrière le rideau numéro un : Belle, avec une bande de gaze autour de la tête, comme un personnage de dessin animé qui vient d'avoir un accident de voiture, flanquée de Bébé Butch.

— Oh, ma chérie !

— Je vais totalement bien, maman. Le bandage, c'est vraiment surjoué. J'ai une nano-égratignure au front.

Elle se laisse étreindre et embrasser, ce qui suffit à me faire fondre. J'ai besoin de palper ses os, d'entendre son cœur vaillant battre contre ma poitrine. Je prends son visage entre mes mains et fixe ses pupilles d'un brun profond, sentant monter des larmes de reconnaissance. Son regard se voile, mais elle se retient de pleurer.

Après le départ de Scriv avec sa mère, nous récupérons la voiture pour rentrer à la maison. Le médecin urgentiste pense que Belle a peut-être un léger trauma crânien. Il a conseillé qu'elle reste au calme et sous surveillance pendant un jour ou deux. (Ma fille a levé les yeux au ciel en m'entendant répondre : « Ça ne devrait pas poser de problème. ») Belle me demande des nouvelles d'Edi. Je lui résume la situation. Puis elle me parle de l'accident dans lequel un bouton de volume d'autoradio et un poteau téléphonique tiennent les rôles principaux. Et ça n'a effectivement pas l'air si terrible, surtout quand on considère que les airbags ne sont pas sortis. Belle pense que son mal de tête vient surtout du fait qu'elle s'épilait un poil de sourcil rebelle devant le rétroviseur.

— Tu aurais pu perdre un œil !

— Je viens de gagner le pari que j'ai fait avec Scriv. J'étais certaine que tu dirais ça.

— Vraiment, Belle, qu'est-ce que tu faisais dans une voiture au milieu d'une journée d'école ? Je trouve que tu files un mauvais coton. C'est à cause de notre séparation, à ton père et moi ? Parce que je mène une vie… un peu débridée ? Que je m'absente beaucoup ?

— Je ne voudrais pas être méchante, maman, mais tu n'as rien à voir avec ce qui m'arrive. D'ailleurs, il ne m'arrive rien de spécial. Je sais que je ne suis pas parfaite, mais je pense que je suis juste une adolescente.

Je roule avec la même conscience de transporter un objet extrêmement fragile que lorsqu'elles étaient petites, sa sœur et elle.

— Pardon, Belle. Je commençais à trop m'apitoyer sur mon sort quand j'ai reçu cet appel de l'hôpital… à présent, je me sens remise à ma place.

— « L'auto-compassion n'est pas une friandise », me répond-elle gentiment, paraphrasant (mal) un passage de ma nouvelle préférée d'Amy Bloom. « *L'amour* n'est pas une tarte. Il y en a partout, il n'y a qu'à se servir. »

— Merci, ma chérie.

Soudain, remarquant la note posée sur le tableau de bord elle éclate de rire :

— Oh, ma pauvre maman. Ce n'est vraiment *pas* ton jour ! *Apprends à te garer connasse* sur un Post-it « La vie est belle » ? Ça mérite une petite photo !

Je pouffe.

— N'est-ce pas ?

— On aurait dû deviner qu'on allait avoir une année pourrie après le désastre interculturel de la Saint-Sylvestre, plaisante-t-elle.

Elle veut parler du fait que les bougies de notre menora sont entrées en contact avec le toit en chaume de notre crèche de Noël, et, avant que nous puissions étouffer les flammes, notre maison en pain d'épices avait brûlé, une coupe entière de pièces dorées en chocolat avait fondu et nos rideaux sentaient le roussi.

— Mais regarde ce qu'il y a sur la banquette arrière, lui dis-je.

Elle le fait et découvre le kringle.

— Tu es vraiment la meilleure, maman !

Et je sais qu'elle est sincère, à cet instant du moins.

22.

Jules est de retour quand nous arrivons à la maison. Et Chou aussi. Nous nous étreignons tous avec effusion, les deux chats dans les jambes : une configuration que Chou surnomme Le Gang au Grand Complet. Je serre Jules dans mes bras, tandis que mon mari inspecte la tête de Belle, qui essaie de soulever sa sœur du sol. J'en profite pour chuchoter à l'oreille de Chou : « Pardon d'avoir essayé de te séduire. » Il me sourit en haussant les épaules.

— Je veux aller voir Edi, maman, me dit mon aînée. Mais je t'avoue que ça me fait un peu peur.

— Je sais, mon chaton. C'est difficile de ressentir autre chose que de la peur à ce stade. On y va ensemble et on y reste un petit moment ?

— D'accord.

Chou décide de ne pas quitter la maison pour garder un œil sur Belle, qui semble aller tout à fait bien.

Je lui demande :

— Tu as des devoirs ?

Elle répond :

— Ouais. Littérature. Seulement, je ne peux pas lire à cause de mon potentiel traumatisme crânien. Ce qui est youpi, parce qu'Ulysse est un foutu narcissique et que j'ai très peu de patience pour ce genre de personnage.

Chou fait une grimace perplexe. Je souris.

— Papa, tu veux bien m'envelopper dans une couverture et me bercer comme un bébé burrito ? demande-t-elle.

Ça semble dans ses cordes.

Sur le chemin de Gracieuse, je préviens Jules qu'elle va trouver Edi changée. J'essaie de ne pas dramatiser la situation, mais elle ne l'a jamais vue avec les cheveux gris, des cernes profonds, les jambes enflées, et le visage si émacié que ses dents paraissent immenses. J'évite de mentionner l'ombre d'une moustache que je n'ai pas osé épiler puisque Edi n'y a jamais fait allusion. Et puis je ne voudrais pas qu'elle succombe aux assauts de ma pince à épiler. Ce qui est de l'ordre du possible.

— C'est juste que tu ne dois pas t'attendre à la voir en bonne santé.

— Je comprends, oui… répond Jules.

Une camionnette des pompes funèbres sort du parking de Gracieuse au moment où nous nous apprêtons à nous garer.

— Oh, non !

— Qu'est-ce qu'il y a, maman ?

— Je ne sais pas…

Mais je comprends dès que je vois la bougie votive devant la porte de la chambre de Junior.

— Je ne m'étais même pas rendu compte qu'il était malade.

Jules me dévisage, incrédule, parce qu'on est dans une unité de *soins palliatifs.* Je ferme les yeux une seconde pour me représenter le visage joyeux de Junior, embrasser ses joues pâles et les saupoudrer de poussière d'étoiles.

Edi est réveillée. Jonah se lève pour nous embrasser.

— Viens, dit-il à ma fille, hésitante. Elle sera contente de te voir.

— Salut, Edi, lance Jules, s'accroupissant devant son lit.

Edi lui sourit.

— Waouh ! Indigo ?

Jules répond d'une voix enjouée :

— Sans doute !

Edi secoue la tête. *Pas indigo.* Elle semble fournir un effort pour formuler :

— L'amie de ta maman est malade.

— Je sais.

— Et comment va-t-elle, ta maman ? continue mon amie, son verre tremblant si fort entre ses mains que les glaçons s'entrechoquent et qu'elle les éclabousse toutes les deux.

Elle tend un torchon à Jules qui tamponne son manteau et la camisole mouillée d'Edi.

— Je ne sais pas trop. Ça pourrait aller mieux.

Elles échangent un sourire, puis Edi remarque ma présence et me fait signe d'approcher. Je m'accroupis à côté de Jules.

— Dash est là ? me murmure-t-elle à l'oreille.

Je secoue la tête.

— Dieu merci.

Elle retombe sur ses oreillers et semble s'endormir aussitôt.

— Tu as été très bien, dit Jonah à Jules.

— Ouf, merci.

La porte s'entrouvre sur une vieille connaissance de Jules.

— Oh, mon Dieu ! Mademoiselle Norman ?

— Salut, Jules ! Bonjour à tous. Je voulais seulement vérifier que vous n'aviez besoin de rien.

— J'ai juste besoin que Ruth mette *Un violon sur le toit*, dis-je.

Jen m'adresse une moue triste.

— Ruth n'est pas au top, Ash.

— Elle non plus ?

— Ça arrive parfois, qu'on sente un déclin général. Février est un mois difficile.

Par chance, nous sommes le dernier jour de février. Peut-être que tout commencera à s'arranger dès demain.

— Je peux aller la voir ?

— Oui, bien sûr.

Je m'excuse et remonte le couloir jusqu'à la chambre de Ruth. Je la trouve la tête renversée sur son oreiller, respirant bruyamment, comme si elle avait la gorge obstruée. Elle porte l'un des gilets d'Edi. Un cadeau de Lois ?

— Je me sers toute seule, lui dis-je d'une voix douce en ouvrant sa boîte de pastilles au citron.

Puis je dépose un baiser sur sa joue, prends sa main froide entre les miennes et lui fredonne « Sunrise, Sunset ».

Je me redresse en entendant quelqu'un entrer derrière moi. Une de ses petites-filles, je crois.

— Désolée... je voulais juste me soustraire à la vue de ma mourante.

Elle sourit.

— Je sais. C'est très dur. J'étais dans la cuisine en train de chanter « Tradition » en me goinfrant de mini-muffins au chocolat.

Je la serre contre moi, lui dis que je trouve Ruth merveilleuse, et leur souhaite bonne chance à toutes les deux. Je sors dans le couloir, songeant que derrière toutes ces portes fermées, des êtres meurent et d'autres les pleurent. C'est le lot de l'humanité, que l'on apprend à accepter dès la naissance, mais auquel on ne se fait jamais. Oui, tout le monde doit mourir, mais c'est insupportable. *Il y a tant d'amour en chacun de nous.* Où va-t-il, après ? J'imagine un crescendo de chagrin universel, s'élevant jour après jour, auquel se joint ma voix minuscule.

Dans la chambre d'Edi, en mon absence, les festivités ont commencé. Chou et Belle sont arrivés avec des victuailles (« On se sentait trop seuls sans vous tous » est l'excuse qu'invoque Belle pour être sortie en dépit des ordres du médecin). Ils ouvrent des boîtes de soupe et de nouilles thaïes et des odeurs de basilic, de piment et de citronnelle envahissent la pièce. Un instant plus tard, c'est Jude et Alice qui font leur entrée. « Hello ! Salut ! » Tandis que tout le monde s'embrasse et verse sa larme, Edi lève un visage radieux vers son mari.

— Bonjour amour de ma vie, lui dit-il, se penchant pour l'embrasser sous nos yeux attendris et admiratifs.

Alice se débarrasse de sa longue parka jaune platine, dévoilant sa silhouette moulée dans un pantalon en cuir et un col roulé en cachemire blanc.

Je laisse échapper un « waouh ! ».

— Je sais, répond-elle d'un ton penaud. Mais je ferai moins ma maligne quand j'aurai éclaboussé tout ça de sauce au curry.

Alice est un mélange agaçant de beauté, de richesse et de modestie. On serait tenté de la jalouser si elle n'était pas si drôle et généreuse. C'est elle qui m'a coiffée et maquillée pour le mariage d'Edi. Je n'avais jamais été aussi séduisante de ma vie. Si les rôles avaient été inversés, j'aurais sans doute fait de mon mieux pour la transformer en gargouille.

Je me penche pour chuchoter à Jude :

— Tu ne trouves pas étrange que je sois toujours jalouse de la manière dont Edi regarde Alice... après tout ce temps ?

— Tu sembles oublier que j'ai fait une crise d'apoplexie le jour où elle a reçu ce bouquet de fleurs envoyé par un petit ami de lycée à l'hôpital. Je suis mal placé pour te juger.

Les plats circulent et on ouvre des bouteilles de bière et de prosecco. C'est une fête en bonne et due forme ! Edi a un verre de liquide pétillant dans une main et un gobelet plein de crème au chocolat rapportée de la cuisine dans l'autre. Nous allons chercher deux chaises dans la salle de conférences et Farrah Fawcett en profite pour se joindre à nous. Nina Simone s'élève d'un haut-parleur mis en marche par Jude. Et mes deux filles sont rayonnantes avec leurs joues rouges, leur teint lumineux, leurs cheveux noirs luisants – longs et bouclés pour Jules, courts et frisés pour Belle. J'attrape le regard de Chou : *C'est nous qui avons fait ces personnes.* Jude raconte l'histoire du gâteau à Jules, dont le rire tinte comme un carillon. Belle interroge Jonah sur son travail : « Je crois que ça a un rapport avec des couvertures, hein ? » Alice discute doucement avec Edi. Des larmes brillent comme des diamants sur ses longs cils. Nina Simone a un effet apaisant sur moi. Debout, une canette de bière délicieusement amère à la main, souriant à en avoir mal à la mâchoire, je n'ai jamais été aussi triste de ma vie. Depuis qu'Edi est ici, je ne cesse de me répéter : *Vivre chaque jour comme si c'était le dernier ? Qui pourrait bien avoir envie de vivre comme ça ? C'est nul de devoir mourir.* Mais je commence à comprendre. Et, oui, je *veux* vivre comme ça. Je fais part de mes pensées à Chou.

— Tu as toujours eu tendance à prendre les choses de manière trop littérale, Ash.

La porte s'ouvre et la tête du Dr Soprano apparaît.

— Eh bien… on aurait dû donner la suite à Edi !

— Il y a une suite ?

— Non. Je plaisante, dis-je surprise.

Il entre, salue Jules et Alice, échange une accolade avec Jude et louche sur le pad thaï jusqu'à ce que Jude l'invite à se servir, ce qu'il accepte avec reconnaissance. Jen ne tarde pas à se joindre à nous. Belle lève trois doigts en l'air à mon intention, et je lui réponds en me grattant la joue avec mon majeur.

— Et je ne compte même pas papa, me chuchote-t-elle à l'oreille.

— Pardon ? Je ne t'entends pas ? dis-je, déplaçant mon majeur de ma joue à mon oreille.

— « Les soins palliatifs s'envoient en l'air », rétorque-t-elle.

Je m'approche de Jonah et lui demande des nouvelles de Dash. C'est son père problématique qui le garde à Brooklyn.

— Tu crois que c'est le choix idéal ?

— Tu crois que la situation est idéale ?

— Non. Et ça ne l'embête pas de ne pas pouvoir être ici ?

— Pas tant que ça, on dirait. Je sais que tu ne le portes pas dans ton cœur, Ash. Mais il est vraiment dingue de Dash. Et d'Edi aussi. Et il accuse le coup à sa manière.

— Bien sûr. Il doit être anéanti.

Je n'ose même pas penser à ma réaction si mes filles… Non, je préfère chasser cette pensée d'un coup de balai.

Mais il est vrai que je ne porte pas le père d'Edi et Jonah dans mon cœur. C'est le genre d'homme qui fait mine de ne pas avoir entendu parler de votre université parce qu'elle ne fait pas partie de l'Ivy League, même s'il s'agit de l'université de New York et qu'elle se trouve en bas de sa rue. Quand j'étais enfant, tous les pères étaient des pères absents. Ils partaient chaque matin avec leur attaché-case pour faire Dieu sait quoi, et rentraient le soir pour boire du scotch, fumer leur paquet de Pall Mall, ou leur paquet de True, quand ils prétendaient vouloir arrêter. Le week-end, ils vous préparaient du pain perdu et, quand il n'y avait pas de match de foot à la télé, vous laissaient regarder *60 Minutes* avec eux. Et peu avant la fête des pères, les fours à céramique des écoles se remplissaient de cendriers modelés par des petites mains d'enfants impatients de les leur offrir. J'ai beaucoup de mal à faire comprendre aux filles à quel point l'homme avec lequel j'ai grandi est différent du père qui, plongeant des bout de pita dans du houmous, les écoute pendant des heures lui exposer le concept de capacitisme et la raison pour laquelle il ne faudrait plus dire « même un aveugle pourrait le voir ».

La mère d'Edi, elle, était une beauté surbookée. Elle siégeait au directoire de plusieurs musées et bibliothèques. De retour de l'école, nous trouvions pour seules traces de sa présence des effluves de son parfum capiteux et des listes de suggestions pour nous occuper avantageusement : écouter une sonate de Haydn, lire cet article du *New Yorker*, faire du sport pour perdre un peu de poids. « On est grosses ? » avais-je demandé à Edi en lisant cette dernière suggestion, un jour. Elle avait haussé les épaules, « Je ne sais vraiment pas. » Jonah avait sa propre liste, lui aussi. Il était supposé s'entraîner à la clarinette, lire Hannah Arendt, sortir les poubelles et soigner son acné. Ma mère était plutôt du genre à sortir sa machine à coudre pour nous aider à confectionner des robes de poupées ou nous emmener choisir du brillant à lèvres aromatisé et respirer chaque flacon avec un air appréciateur. Et elle nous laissait manger du gâteau au petit-déjeuner, parce que, franchement, ça ne pouvait vraiment pas être pire qu'une viennoiserie.

Je confie à Jonah :

— Soit dit en passant : ton père ne m'a pas reconnue le mois dernier quand il est venu voir Edi à l'hôpital.

— Vraiment ?

— Oui. Il m'a tendu la main et a déclaré : « Je suis Myron, le père d'Edi. »

— Et tu ne lui as pas répondu : « Je suis Ash, l'amie d'enfance d'Edi ? »

— Si.

— Je suis désolé.

— Pas du tout. C'est *moi* qui le suis. Je n'aurais jamais dû t'en parler. D'ailleurs, il m'a donné vingt dollars pour prendre un taxi, après. C'était plutôt gentil de sa part.

— Et tu l'as pris ? Le taxi ?

— Bien sûr que non. J'ai pris le métro, comme tout le monde.

— Donc, cette rencontre t'a plutôt été bénéfique, plaisante-t-il.

— Pas étonnant que tu bosses dans la finance…

Il y a soudain un silence. Apparemment, Edi voudrait parler ? Non. Elle secoue les glaçons dans son verre. Alice a cru qu'elle voulait porter un toast, par erreur. Nous en profitons pour prendre la parole chacun notre tour, pour raconter des anecdotes et lui dire combien nous l'aimons, et à quel point nos vies ont été enrichies par sa présence. Alice évoque leur séjour à la Jamaïque.

Je murmure à Jonah :

— J'imagine que le facteur a égaré mon invitation.

Il répond :

— Elles sont sans doute allées en Croatie en vrai.

Alice raconte qu'elles avaient acheté un sachet de joints à un gars, sur la plage. Plus tard, elles avaient découvert qu'il s'agissait de bâtonnets de sucettes avec de l'origan collé dessus. Edi secoue son verre et tend sa joue à Alice qui l'embrasse, et conclut :

— Je ne sais pas pourquoi j'ai choisi de raconter cette histoire idiote ! Je voulais juste te dire que tu es formidable et la meilleure amie qu'on puisse rêver d'avoir.

Jules évoque la fois où Edi l'a aidée à construire des maisons pour les fées dans le jardin.

— Avec une buvette Chimpmunks friendly ! se rappelle-t-elle.

Jude parle du jour où il lui a demandé de l'épouser sur le ferry de Staten Island, et qu'Edi a grimacé en le voyant poser un genou à terre, parce que son petit ami précédent lui avait fait la même demande sur le même ferry. (« Oh, mon Dieu, Edi, et tu le lui as avoué ? » m'étais-je exclamée à l'époque. « Oui. Mon filtre était en panne, ce jour-là », avait-elle rétorqué.)

— Je lui ai demandé : « Alors, c'est non ? » Et elle a répondu : « Non, non, c'est oui ! Résolument oui ! C'est juste flippant. »

Jonah relate l'histoire de sa cassette d'Haftorah massacrée par sa sœur. Zut ! Il m'a volé mon idée. Je me replie sur une anecdote que je pioche au hasard : la fois où Edi a renversé un yaourt au cassis dans son sac alors que nous prenions le Shuttle, et qu'elle a tendu son passeport poisseux au contrôleur. Je riais tant que j'avais littéralement fait pipi dans ma culotte. J'avais passé le reste du voyage, assise sur une serviette de toilette volée dans un hôtel.

— Désolée de ne pas avoir trouvé mieux. Comme Alice : je veux te dire que tu es géniale, et la meilleure amie qu'on puisse avoir. La meilleure des meilleures.

Edi sourit, l'air un peu déconcertée, secouant son verre et se raclant la gorge, comme si elle voulait parler. Mais elle reste muette, et absorbe toutes nos paroles, comme pour faire des réserves d'amour pour affronter ce qui l'attend. Et des réserves d'amour, il y en a à revendre dans cette chambre. Si notre amour pour elle était de l'hélium, Gracieuse s'élèverait dans les airs et s'envolerait haut dans le ciel. J'aimerais tant que cela se produise. Peu importe ce qu'il se passerait après, seul ce moment compterait. Ce moment où nous serions tous suspendus dans les airs.

J'aimerais rester dans cet entre-deux, mais je n'y parviens pas. Je remarque que le vernis sur les ongles d'Edi s'est écaillé. Devrais-je le lui enlever ? Je remarque que Chou porte un pull bleu ciel que je n'ai jamais vu, et qui lui va à ravir. Belle rit avec Jonah, exposant ses dents du bonheur. Jules est tout contre moi, ses cheveux sentent bon la pomme. Elle paraît si adulte avec ses bas et ses bottes. Je regarde autour de moi. Ils sont tous si beaux. Et, au milieu de tout ça, Edi, allongée sur son lit, comme sur un radeau dans la tempête. Je m'élève encore et vois Gracieuse se détacher des rues et des immeubles de la ville. Cette ville se détacher de l'État auquel elle appartient, et cet État dans un pays, sur une terre tournant inlassablement dans un univers sans fin. Je sors dans le couloir. J'ai besoin de respirer. Chou me suit. Il s'accroupit à côté de moi :

— Ça va ?

— Oui. J'ai un peu le vertige, c'est tout. Ou je fais une crise existentielle.

Ou d'apéirophobie. C'est Jules qui m'a appris ce mot qui désigne la peur de l'éternité. C'est sûrement ça. Où sera Edi, après ? Pendant combien de temps ? Nulle part et à jamais ? Non...

— C'est lourd, je sais, compatit Chou.

— Trop lourd.

Et ça ne s'allège pas. Parce que, soudain, Gracieuse se remet en branle autour de nous : les infirmières et les aides-soignants et les volontaires entrent dans les chambres pour distraire les résidents tandis que deux hommes chargés d'un brancard se dirigent vers la chambre de Ruth.

Chou me passe un bras autour des épaules et dépose un baiser sur ma tempe.

— Je t'aime, lui dis-je.

— Je sais.

Et, alors que je m'écarte pour regarder son visage, surprise, il sourit et se met à fredonner une vieille chanson de Maria McKee.

— *Pourquoi n'étais-je pas plus reconnaissant, quand la vie était douce…*

Je lui dis :

— Tu es un salaud en costume de chic type, et je suis la seule personne au monde à le savoir.

— Je sais. Je t'aime aussi, répond-il.

23.

Jude reste dormir avec Edi et nous les quittons pour rentrer chez moi. Cela fait un moment que je commence à soupçonner que je suis un mélange complexe d'extravertie et d'introvertie. Et j'en ai à nouveau la confirmation. Parce que j'aimerais juste rester là, sur mon canapé, avec le verre de bon vin qu'Alice vient de me servir, écouter la musique et les conversations sans avoir à parler à personne. Je voudrais être invisible, m'allonger et m'endormir au son des conversations, comme une enfant sur la banquette arrière de la voiture conduite par ses parents aimants.

Alors je lance :

— Ne faites pas attention à moi. Je vais m'allonger une minute. Faites comme chez vous.

Et je me pelotonne au bout du canapé rose de notre salon, la tête enfouie dans l'énorme oreiller en peluche de Belle. Jelly s'installe au creux de mon dos, et je me laisse bercer par le murmure des conversations. Jonah raconte à Belle et Chou une conversation qu'il a eue avec Edi pendant la tempête de neige, qu'elle avait qualifiée d'« outrage ». « Tu veux dire *orage* ? » avait-il questionné. Elle avait répondu que non, et expliqué qu'elle voyait bien le mot écrit dans son esprit, et qu'il s'agissait bien d'*outrage*. Et il s'était dit que, d'une certaine manière, ça avait du sens. Jules admire les pendants d'oreilles sophistiqués d'Alice (on dirait des mini-suspensions en macramé bordées d'une frange de pampilles de cristal). Elle lui parle de son premier cours en laboratoire de champs magnétiques : la chaînette qu'elle portait autour du cou s'était cassée et envolée vers l'aimant au néodyme que son professeur avait sorti d'un placard. « J'espère que vous ne vous imaginiez pas que c'était de l'or pur, avait-il plaisanté, parce qu'il contient manifestement une matière ferromagnétique. »

De l'autre côté du canapé, Belle expose son projet de créer une ferme d'ornithorynques, qui produirait du lait et des œufs, puis propose des glaces faites maison aux invités.

— C'est du sorbet nature, je vous préviens. Donc juste à l'eau…

Alice en accepte un et le plonge aussitôt dans son verre de whisky.

Chou s'approche de notre cadette et, lui montrant son pouce, lui demande :

— Tu as déjà eu ce genre de petite pointe au coin de ton ongle ?

— Une *envie* ?

— Non, non. Pas une envie. C'est plutôt un petit peu de peau sèche à côté de ton ongle, qui fait très mal quand tu tires dessus.

Belle lève les yeux au ciel.

— On appelle ça une envie ongulaire, papa. Et oui, j'en ai déjà eu, tout le monde en a. Tu entends ça, maman ?

Je pouffe.

— Oui, j'entends.

— À ton âge, je n'arrive pas à croire que tu ne saches pas encore ce qu'est une envie, papa.

— Je suis un être surprenant.

Les gens que j'aime gravitent autour de moi. La table basse est couverte de verres, et de bouteilles vides ou presque vides, de peaux de clémentine et de sachets de chips. Belle hisse mes jambes, s'assoit, et les repose sur ses genoux sans déranger le chat. Assise par terre, Jules caresse Jelly.

— Arrête de grogner, lui lance Belle avec affection.

Jules me raconte que les chats sont supposés ressentir la mort qui approche, ce que j'ai déjà entendu dire.

— Ils se pelotonnent contre la personne qui va mourir et se mettent à ronronner. C'est ce qui permet aux infirmières et aux aides-soignantes de comprendre que la fin est proche.

Nous nous demandons si les chiens de Gracieuse ont également ce don, et décidons que Farrah Fawcett se soucierait davantage des malades s'ils étaient nappés de sauce au fromage.

— Je saute un peu du coq à l'âne, mais est-ce que quelqu'un d'autre que moi trouve le Dr Soprano étrangement sexy ? lance Alice à la cantonade.

Belle éclate de rire.

— *Pouah*, non.

Puis, me coulant un regard, elle ajoute :

— Enfin, il est sympa.

— On a compris que ce n'est pas ton type, Belle, en conclut Alice.

— Je ne sais même pas si j'ai un type, d'abord.

Je propose :

— Scriv ?

— Oh, pitié, non, maman. Enfin, je l'adore. Mais non.

Je n'ai décidément rien compris.

— Elle aime les *filles*, maman, m'explique Jules, comme si j'étais aux abonnés absents.

Puis se tournant vers sa sœur :

— Que penses-tu d'Alicia Keys ? Ou de Billie Eilish ?

— Oui, carrément. Pas très accessibles, mais clairement mon type.

Chou jette un œil à sa montre et se lève. Il est temps pour lui de rentrer. Je le suis dans l'entrée et enfile mes bottes de neige pour le raccompagner à sa voiture. Nos souffles s'élèvent dans le noir. Il me serre dans ses bras.

— Merci, lui dis-je. C'était bien que tu sois là. C'était réconfortant pour les filles. Et pour moi aussi.

— C'était un plaisir… Enfin, plaisir n'est pas le bon mot, mais je suis content d'avoir été là. C'était… un moment unique et beau.

— Oui.

Il m'embrasse sur la joue. Je respire son odeur de bois fumé et d'orange et me retiens de caresser sa barbe naissante.

— On se voit demain, Ash. Tu m'envoies un message s'il se passe quoi que ce soit, n'est-ce pas ?

J'acquiesce et le suis des yeux tandis qu'il regagne sa voiture. La nuit est claire et fraîche. Je porte le pull gris que j'ai volé à Jonah depuis plusieurs jours. Je glisse les mains dans ses manches et admire les étoiles. La lune – en forme d'« ongle coupé », comme le dirait Belle – a un petit sourire en coin. Non loin, un hibou hulule du haut d'un pin. Et il y a ce bruit presque imperceptible de la neige qui se tasse et qui m'évoque le petit craquement que l'on entend quand on sort un gâteau du four. Je remarque pour la première fois que mon allée a été déneigée depuis la tempête. *Chou.*

Mon téléphone tinte. Une amie du coin m'invite à faire du patin à glace sur l'étang voisin de sa maison.

On n'aura pas besoin de parler. Viens juste profiter de la glace. Quand tu pourras, bien sûr. Ce week-end ?

Je lui réponds que je pense qu'on est sur la ligne d'arrivée avec Edi. (Mince, voilà que je parle comme un commentateur de sport.) Elle m'envoie une rangée de cœurs et me rappelle qu'elle est là si j'ai besoin de quoi que ce soit. J'ai un message de mes parents aussi. Ils demandent des nouvelles d'Edi et me rappellent qu'ils m'aiment infiniment. Je suis douloureusement consciente de ma chance.

Depuis la naissance des filles, chaque année, à mon anniversaire, je fais le même vœu en soufflant mes bougies. Je souhaite que rien ne change. De conserver ce que j'ai. De garder tous les êtres qui me sont chers auprès de moi. Mais les séparations sont inévitables. C'est le principe fondamental de la vie, de ces moments que nous partageons ensemble sur terre.

La porte s'ouvre et Jonah vient à ma rencontre.

— Qu'est-ce que tu fais, allongée dans la neige ?

— Oh zut ! Je n'avais pas remarqué. Je réfléchis. Ou je suis saoule.

— Tout le monde est prêt à aller se coucher. On va se bécoter dans un coin ?

— Non, Jonah. Pas ce soir. J'espère que tu ne m'en veux pas. Je t'aime infiniment.

— Bien sûr que non, voyons. Jamais de la vie. Je comprends. Allez, viens à l'intérieur, il fait un froid de gueux ici. Et, en plus, tu nous manques. Et je m'inquiète un peu pour toi.

Jules et Belle sont dans le salon en train de gonfler des matelas pneumatiques et Alice se brosse les dents devant l'évier de la cuisine, vêtue d'un pantalon de pyjama en cachemire rose. J'insiste pour lui laisser mon lit et pour que Jonah prenne celui de Belle. J'ai envie de camper en bas avec les filles.

Thumper se glisse sous le drap housse dont Belle est en train d'envelopper son matelas gonflable.

— Attention ou tu ne pourras plus sortir, lui dit-elle, continuant à préparer son lit autour de la petite boule de poils vibrante qui me rappelle les filles quand elles étaient petites et sortaient des endroits les plus improbables en criant : « Coucou, je suis là ! Tu ne m'avais pas vue ! »

J'étouffe le feu du poêle, enlève mon jean, mon pull et mon sous-tif, et me glisse en tee-shirt dans le sac de couchage que j'ai déroulé sur le canapé.

— Je dois me brosser les dents ? dis-je à voix haute.

— Certainement pas ! me répondent les filles en chœur.

Elles ont poussé la table basse sur le côté pour coller leurs matelas contre le canapé. Je m'endors en les écoutant parler des chats. *Tu as déjà vu des pattes aussi tigrées ? Non jamais. Et regarde ses moustaches ! C'est dingue, non ? Elles sont bien plus longues et tombantes que lorsque je les dessine. Pouah, quelle haleine de cheval quand il bâille !* Le dernier échange que j'entends avant de tomber dans les bras de morphée :

— *Ma troisième forme de précipitation préférée ? Sans doute le crachin.*

— *Oui, moi aussi. Après la pluie et la neige, évidemment.*

Évidemment.

Le sommeil, qui joue à cache-cache avec moi depuis des semaines m'entraîne alors vers des profondeurs océaniques. Les profondeurs de l'inconscience.

24.

Quand je me réveille, Jonah et Alice chuchotent non loin et je respire la bonne odeur du café qu'ils ont dû préparer dans ma vieille Chemex. Mon addiction à la caféine aiguillonne en moi une joie inextinguible.

Alice met des œufs à cuire.

— Comment peut-on se blesser en dormant ? C'est fou, je suis allée me coucher en pleine forme et je me réveille avec une tendinite au poignet, dit-elle, indignée.

— Vieillir n'est pas fait pour les âmes sensibles, plaisante Jonah.

— Je suppose que c'est mieux que de ne pas vieillir.

— Très juste.

Jonah remarque que je suis réveillée, et (béni soit-il) m'apporte une tasse de café au lait. Je m'assois dans mon sac de couchage et le bois en couvant du regard mes filles qui se tiennent la main dans leur sommeil. Elles ressemblent tant aux bébés qu'elles ont été avec leurs cils épais, leurs joues roses et leurs lèvres bien dessinées.

J'entends les chats monter sur le comptoir de la cuisine, et miauler comme de petites créatures affamées.

— Est-ce que je peux nourrir ces pauvres bêtes ? me demande Jonah, repoussant Thumper d'un coude nerveux.

Il n'a jamais trop aimé les animaux.

— Non, non, je m'en occupe, lui dis-je.

J'enfile mon jean et bois un grand verre d'eau pour chasser un début de gueule de bois avant de rincer les bols des chats. Ils rugissent et s'ébrouent, tels des lions miniatures en voyant les croquettes dégringoler dans les récipients.

— *Personne* ne vous a nourris de toute la nuit, c'est ça ? Vos pauvres petits estomacs sont vides ?

Puis Alice et moi avalons une dose d'Advil pendant que Jonah essaie de déchiffrer la notice imprimée sur le flacon. Alice écaille son œuf dur et me demande où se trouvent le sel et la sauce piquante. Personne n'a eu de nouvelles de Jude. Nous décidons de nous doucher et de retourner à Gracieuse. Pour ma part, je me contente de changer de sous-vêtements avant de remettre mon jean et le pull de Jonah.

En attendant que les autres soient prêts, je préviens Jude que nous n'allons pas tarder à arriver. Il me répond :

Génial. On a une requête ici. Des Pringles. Pas 100 % sûr que ce soit ça, mais vous pouvez en apporter une boîte au cas où ?

On peut !

Alice et Jonah réapparaissent, tout frais et parfumés. Je hume le cou d'Alice.

— Qu'est-ce que c'est ?

Elle brandit un flacon.

— Un truc chic et cher. Bois de santal. Lichen. Pneus brûlés. Je ne me souviens plus.

— Joli pull, à propos, me fait remarquer Jonah.

— Merci, dis-je, me parfumant un peu.

Je laisse un mot aux filles et nous sortons. En plus d'acheter les chips demandées, je prends du soda au pamplemousse, un peu de pastèque coupée en cube, le café frappé préféré d'Edi (qu'elle aime boire même en hiver), de la crème légère et deux bouteilles de Chianti. Et du baume pour les lèvres aux fruits de la passion, des bonbons tendres, de la crème pour les mains, des barres de shortcake aux fraises, des barres d'amandes grillées, *Cosmopolitan*, le *New York Times*, et du salami aux graines de fenouil et un guide d'astrologie de poche. De sorte que nous arrivons à Gracieuse, chargés comme des baudets. Après avoir passé le poste de désinfection, nous avançons vers la chambre d'Edi avec un sentiment proche de la terreur.

Elle semble dormir. Jude a les yeux rouges et ses cheveux sont aplatis d'un côté. Je le serre dans mes bras.

— Oh, mon pauvre.

— Ça va. La nuit n'a pas été géniale, mais ça va.

Nous ôtons nos manteaux, rangeons les courses à la cuisine et revenons avec la boîte de chips.

Jude nous explique qu'Edi n'a pas arrêté de se réveiller et de secouer son verre, toujours assoiffée.

À un moment, elle lui a demandé d'un ton plaintif :

— C'est fini ?

Il lui a répondu :

— Je ne sais pas, mon amour, mais je reste là, avec toi, jusqu'au bout, et je t'aime.

Elle s'est éclairci la voix et a articulé :

— Non. Je veux parler de la San Pellegrino ? Il en reste ?

— Oh ! Oui. Je vais t'en chercher.

(Apparemment, les dialogues de vos derniers instants peuvent sembler avoir été tirés d'une sitcom.)

Jude reprend :

— Je craignais que ce ne soit notre dernier échange, mais, heureusement, elle s'est réveillée à l'aube et m'a demandé s'il restait du champagne. J'ai répondu que non.

Il sourit.

— C'est à peine mieux.

Edi rouvre les yeux, et, aussitôt, plutôt que de lui dire que je l'aime, j'ouvre la boîte de Pringles et la lui tends. (« Tu veux des raisins secs ? ») Ses doigts sont si enflés que sa main reste coincée dans le tube une seconde avant qu'elle parvienne à en sortir un petit tas. Elle mord dedans, faisant tomber des miettes partout, et nous l'encourageons bêtement (« C'est bon, hein ? », « Qu'est-ce qu'on ferait sans Pringles ? ») quand elle semble s'étrangler avec une chips. Je cours chercher de l'aide et trouve Olga dans le couloir.

Je me souviens d'un podcast que j'ai écouté avec les filles. Il parlait d'un astronaute des années 1960 qui avait introduit clandestinement un sandwich au corned-beef dans la navette *Gemini 3*. Il voulait faire une surprise à son compagnon de voyage, mais la plaisanterie avait mal tourné. Une fois la navette en apesanteur, le sandwich a commencé à se décomposer et des miettes de pain de seigle à la moutarde et de particules de viande aillée ont envahi la cabine et sont allées se loger dans les panneaux de contrôle de la navette. Le podcast citait même les échanges entre les astronautes et le contrôle terrestre. « J'ai eu de meilleures idées dans ma vie », était convenu l'homme qui avait apporté le sandwich. Et un représentant du service de sécurité de la Nasa y faisait référence comme au « sandwich qui avait coûté trente millions de dollars ».

Ce que j'essaie de dire, c'est que je ne vaux pas mieux que cet astronaute. Que les Pringles étaient une très mauvaise idée.

Avec un calme impressionnant, Olga donne un coup ferme entre les omoplates d'Edi.

— C'est pas fait pour aller dans les poumons, gronde-t-elle tandis qu'un bout de chips jaillit du gosier d'Edi, prise d'une quinte de toux.

Olga examine rapidement la malade, puis soulève sa couverture et jette un œil à ses pieds.

— C'est bon, dit-elle, soulagée.

Se tournant vers nous, elle ajoute :

— Des aliments mous uniquement.

Edi boit un peu, toussant entre deux gorgées.

— Contents de vous voir ! lance alors Jude pour détendre l'atmosphère.

Nous sommes secoués, mais arrivés sur Mars sans encombre.

Edi continue à siroter sa boisson, faisant tinter ses glaçons. J'ai l'impression d'être l'hôtesse d'une fête ennuyeuse et stressante. Un instant plus tard, la chapelaine de Gracieuse entre dans la chambre, nous tirant du malaise qu'induit le devoir de rester assis dans une chambre et de regarder un proche rendre l'âme. Elle salue Edi, nous propose de l'appeler par son prénom – Laura – et nous invite à méditer ensemble dans la salle de conférences. Oui, on veut ! Enfin, tous sauf Jonah qui préfère rester avec Edi.

Lorsque Alice, Jude et moi sommes confortablement dans la salle, Laura nous dit qu'elle sait combien il est difficile de vivre un moment comme celui-ci. Elle nous invite ensuite à nous concentrer pleinement sur nos sensations et nos émotions, et à nous autoriser à éprouver de la compassion envers nous-mêmes, autant qu'envers Edith.

— Il est si difficile de prononcer le mot qui commence par « m », poursuit-elle.

Je lève les yeux et croise le regard perplexe d'Alice. Elle articule en silence : *Merde ?*

Laura nous invite à fermer les yeux et frappe un gong miniature à l'aide d'un maillet. Elle nous demande d'*accompagner* notre respiration, de laisser nos pensées et jugements entrer et sortir librement. Et c'est alors que mon esprit se met à fuser en tous sens. *J'espère que Jude m'accompagnera pour fumer une clope après ça.* Inspire, expire. Je *me demande si Edi considère Alice comme sa meilleure amie. J'aurais dû lui acheter une couverture en mohair, moi aussi !* Inspire. *Je me souviens d'une série dans laquelle un vétérinaire anglais qui pense avoir euthanasié un mouton le découvre en vie et en bonne santé quelques heures plus tard. Le fermier lui dit qu'il avait sans doute juste besoin de dormir un peu. Est-ce qu'on ne pourrait pas endormir Edi pour laisser le temps à son corps de guérir tout seul ?* Expire. *Putain… ce n'est sans doute pas la bonne manière d'*accepter *ce qui arrive.* Inspire. *Pop-corn aux crevettes.* Les mots jaillissent, sans queue ni tête. *Est-ce qu'Edi a toujours mon vieux tee-shirt* SAUVONS LES BALEINES *? Est-ce que ce serait bizarre si je demandais à Jude d'aller voir dans son placard ?*

Laura nous demande de nous représenter notre tout premier souffle. J'essaie de me concentrer, mais ce sont les filles qui m'apparaissent, juste après leur naissance, couchées sur ma poitrine, leurs yeux voilés fixés sur mon visage. Ce sentiment incroyable de présence que ces pupilles qui s'ouvraient tout juste au monde pouvaient transmettre. Quelques minutes plus tôt, j'avais une boule de bowling géante dans mon ventre, et, tout à coup, je faisais face à cette personne. Cette *conscience.* Où était-elle avant ? Et où va-t-elle *après* ? J'ai passé tant d'années à répondre aux moindres besoins de mes enfants que je n'ai pas songé un instant à l'inévitabilité de leur mort. Je touche du bois en songeant que, par chance, je partirai bien avant.

— À présent, représentez-vous votre dernier souffle, dit Laura.

Et je le fais. Je l'ai déjà fait.

— Inspirez pour l'accepter. Expirez la sérénité.

Elle frappe le gong et nous demande d'ouvrir les yeux. Elle nous laisse le temps de reprendre nos esprits, puis nous demande si nous avons des questions.

J'en ai.

— Y a-t-il quelque chose… qu'on pourrait faire pour aider Edi à… *trouver la sérénité* ?

Laura me sourit.

— Vous devez juste suivre le mouvement à ce stade. Vous n'avez pas besoin de chercher à donner un sens à tout cela à sa place. Quoi qu'Edith décide de faire, c'est à elle de le faire… ça n'a pas grand-chose à voir avec vous.

J'acquiesce, *honteuse.*

— Mais ça a *un peu* à voir avec toi, plaisante Jude.

— Je ne voulais pas me montrer brutale, continue Laura, touchant son pendentif en forme de stalactite parme (ou stalagmite ?). Ce que je veux dire, c'est qu'Edith ne veut pas mourir, elle n'est pas en paix avec cette idée, et il se peut qu'elle ne parvienne pas à trouver cette sérénité. Qu'elle ne parvienne pas à donner un sens à sa vie face à sa mort. Mais le contraire est également possible. On a besoin d'y croire en tout cas, pour être un peu moins tristes.

Il y a un silence.

— Une autre question ?

Alice et Jude secouent la tête.

— Oui, j'en ai une, dis-je. Est-ce que… le médecin sera avec nous quand elle mourra ? Ou vous ? Je ne comprends pas comment ça marche.

— Ça dépend de vous, dans une certaine mesure. De ses proches.

Tout en l'écoutant, je m'aperçois que je pense encore au moment de la naissance. Les infirmières et les proches sont là jusqu'à ce qu'il soit temps d'accoucher. Et alors c'est aux sages-femmes et au médecin de prendre le relais. Allons-nous devoir être les sages-femmes d'Edi ? En serons-nous capables ?

— Je crains de ne pas posséder cette aptitude particulière…

— La seule aptitude dont vous ayez besoin est celle d'aimer, répond Laura. Et vous l'avez manifestement.

Nous sommes dans un espace sans fenêtre avec des chaises rembourrées identiques, à parler de ce qui importe le plus au monde.

— Désolée, Jude, dis-je, parce que j'ai l'impression que je parle trop et que je prends trop de place.

Il me passe un bras autour des épaules.

— Ça va, Ash, Ça va.

— Vous êtes perdue, dit Laura. Littéralement. Essayez d'être indulgente envers vous-même.

Cette conversation est à la fois si absurde et si incroyablement profonde. Une sorte de version existentielle de la levure nutritive sur le pop-corn : c'est des conneries macrobios, mais c'est tellement bon.

— Merci, dis-je à Laura. Ça m'aide énormément.

Et elle pose la main sur mon sternum et, tout à coup, je respire à nouveau librement.

25.

Alice et Jude sont allés à la cuisine pour voir où en est le café, et je suis de retour dans la chambre d'Edi. Jonah est allongé à côté d'elle, il feuillette un album de photos qu'il a apporté et pointe le doigt sur les détails des clichés instamatics de leur enfance. On voit Edi perchée sur un âne tacheté, avec des Mary Jane couvertes de poussière et des socquettes blanches, lors du voyage en Grèce de la famille. Et Edi et Jonah en shorts blancs identiques, posant au milieu des colonnes au Parthénon. Et leur père, avec des favoris, mordant dans un tentacule de pieuvre.

— C'est un beau souvenir, n'est-ce pas ?

Jonah, en haussant les épaules :

— Plutôt.

Edi fait tinter ses glaçons et se racle la gorge mais ne dit rien.

Je lui demande :

— Tu veux quelque chose, mon chou ?

Elle sourit et secoue son verre. Je m'assois au bord du lit et le remplis avec la canette ouverte posé sur sa table à roulettes. Elle toussote.

— Qu'est-ce qu'il y a, chaton ?

— Vous deux…

Elle veut parler de son frère et moi. Bon sang, si elle a deviné qu'on couche ensemble, je fais une attaque. Jonah a le même air paniqué que moi.

— … barmen ?

— C'est clair ! répond son frère, soulagé. Et une tournée de Pellegrino pour ces dames, une !

— Pas bar, corrige Edi. Balcon. Napperon. Non, pas napperon.

Elle soupire, découragée, et se tait. Jonah lui tapote l'épaule, pose l'album sur la table de chevet et se lève, les yeux luisants de larmes derrière ses lunettes.

— Je vais voir où ils en sont avec le café. Je vous en rapporte ?

Oui !

Après le départ de Jonah, Edi semble se concentrer sur mon visage. Je souris de toutes mes dents. Elle remue un peu, tressaille, puis prend un air résigné.

— Tu es belle, lui dis-je. Tu es parfaite.

Quand elles étaient petites, mes filles aussi quêtaient mon avis du regard, pour s'assurer que tout allait bien. Quand nous prenions l'avion et que nous traversions une zone de turbulences, elles levaient leurs petits visages vers le mien, et je leur répondais du regard : *Oui, vous êtes en sécurité.*

— Tu te débrouilles comme une cheffe, dis-je à Edi.

Elle me sourit comme un bébé rassuré.

D'une voix très douce, je lui chante les quelques paroles de « Dona, Dona » dont je me souviens encore. *How the winds are laughing, they laugh with all their might ! Laugh and laugh the whole day through, and half the summer's night.* Je cherche la suite sur mon téléphone, mais m'arrête net en découvrant que la chanson parle d'une génisse emmenée à l'abattoir.

— Ash…

— Oui, Edi ?

J'essuie les larmes qui roulent déjà sur mes joues. L'espace d'un instant elle se ressemble à nouveau.

— Tu es une amie merveilleuse.

— Toi aussi. La meilleure.

Je suis si émue que je n'arrive plus à contrôler mon visage, qui hésite entre les sanglots et les rires. Je prends ses mains dans les miennes.

— « Reste en or, Ponyboy, reste en or », me dit-elle.

C'est une phrase du livre *Outsiders*, qu'on connaissait presque par cœur, dans notre jeunesse. Quand Edi était entrée dans la classe de littérature anglaise pour la première fois, à Columbia, elle avait trouvé la phrase : « L'or ne peut briller à jamais » écrite sur le tableau noir. Le professeur avait demandé si quelqu'un savait quel poète avait écrit ces mots-là. Edi avait levé la main et déclaré « S. E. Hinton » avec une certaine fierté. Ce soir-là, elle m'avait appelée du téléphone payant de son dortoir. « J'ai voulu faire ma maligne, et ça n'a pas payé. Ils ont tous éclaté de rire. Robert Frost, sérieusement ? Cité par Hinton. Dingue ! » Ce soir-là, je lui avais rappelé qu'elle était chez elle dans cette ville, qu'elle lisait déjà *Eichmann à Jérusalem* quand tous ces snobs savaient à peine aligner deux mots. Elle avait de quoi faire sa maligne ! C'était une fille en or, et ils allaient bientôt tous s'en rendre compte. « OK, OK. Cessez-le-feu, avait-elle plaisanté. » Mais il y avait un petit rire de joie dans sa voix, alors.

Le plus beau vert de la nature est doré.

— Edi ?

Mais l'étincelle de lucidité a déjà disparu. Un voile de confusion brouille son regard. Elle secoue son verre et le repose maladroitement, comme si sa main ne lui appartenait plus. Puis elle tire un mouchoir de sa boîte et me le tend.

— Merci, mon chou, lui dis-je en me mouchant.

Elle sourit et reprend son verre.

Jude et Alice arrivent avec le café. Ils m'en tendent une tasse et en posent une sur la table d'Edi.

— Fais-moi un peu de place, dit Jude à sa femme.

Puis aussitôt :

— Oh, merde !

La stomie d'Edi s'est détachée. Elle se déverse sur son matelas.

— Putain.

Je glisse un récipient en plastique sous le tube, attrape un sac neuf sur l'étagère, déchire l'emballage, et dès que le flux est ralenti, le mets en place. Une flaque rose s'élargit autour de la stomie usagée, tombée par terre. Edi continue à boire et à entrechoquer ses glaçons, les yeux écarquillés. Je me force à lui sourire, comme je le faisais quand les filles étaient couvertes de vomi, et que j'essayais de ne pas oublier qu'il s'agissait de petites créatures malades et non d'une corvée de nettoyage et de désinfection. J'attrape des draps dans le placard du couloir, une couverture dans l'armoire chauffante, et demande une serpillière à Violet, qui promet de m'envoyer quelqu'un pour faire le ménage. Jude a jeté une serviette de toilette sur la flaque. À présent, il essaie de redresser Edi afin que nous puissions changer ses draps. Par miracle, sa chemise de nuit est sèche, mais nous avons du mal à la soulever pour mettre le drap du dessous en place.

— Glissez juste une alèse jetable et mettez une serviette dessus, nous conseille l'aide-soignante qui arrive à cet instant. On refera le lit plus tard.

Quand l'opération est terminée, Jude a l'air épuisé.

Il s'allonge auprès d'Edi, et le mari et la femme échangent un long regard. Jonah, Alice et moi décidons de les laisser seuls. Nous attrapons nos manteaux et sortons boire nos cafés froids dehors.

Nous marchons en direction du parc, peu loquaces. Nous nous demandons ce qui va se passer. Aucun de nous n'a jamais vécu ce genre d'expérience. La mère de Jonah et Edi est morte d'un anévrisme alors qu'ils étudiaient tous deux à l'université. Comme moi, Alice est allée voir sa grand-mère à l'hôpital, mais n'a pas assisté à sa toute fin.

— Je n'arrête pas de penser au poème de John Donne « Ô mort, ne sois pas fière », dit Jonah.

Mais je me dis plutôt *Ô mort, ne sois pas si mortellement chaotique et épuisante.*

Je ressens la même chose. Je m'attendais à une fin plus linéaire. À un déclin progressif et non à ces montagnes russes entre délire et lucidité. Et certainement pas à tous ces liquides. Je suppose que j'avais en tête le genre d'images qu'on voit sur les cartes de condoléances. Des mains graciles. La sérénité. D'un autre côté, j'avais également une vision erronée de la naissance. Je me représentais des rideaux illuminés par le soleil soulevé par une brise délicate, dans un univers blanc, cotonneux et parfumé. Je ne me voyais pas allaiter un bébé colérique et souillé, assise sur la cuvette des W.-C. pour ne pas déchirer les points de mon épisiotomie infectée. Je n'imaginais pas les effluves qui traverseraient ma chambre en permanence. De l'amour, oui, beaucoup, mais *tellement de fluides* !

Pendant que nous étions à l'intérieur, le soleil est sorti de sa cachette. Il s'insinue sur les pourtours des nuages et ce qu'il restait de neige fond à vue d'œil. Je reconnais l'odeur minérale du dégel, son bruit de goutte-à-goutte sur les gouttières. Les arbres sont lourds d'oiseaux bruyants. L'air est chaud et froid à la fois sur mon visage. Le printemps est prêt à bondir… Mon Dieu ! Est-ce pour cela qu'on dit « *spring* » en anglais ?

J'attire l'attention de mes compagnons là-dessus.

— Vous n'avez pas l'impression qu'on est pile entre deux saisons ?

— On est clairement pile entre quelque chose et autre chose, répond Jonah. Il est quelle heure, au fait ?

Il regarde sa montre. Il est cinq heures. Je me souviens que, lorsque j'avais émergé de l'hôpital avec Jules, bébé, dans les bras, j'avais été surprise de voir les gens aller et venir à pied ou en voiture, pour faire leurs courses ou rentrer du travail, ou rendre une visite, les bras chargés d'un bouquet de tulipes. « Ces gens étaient là tout ce temps pendant que j'étais là-dedans ? » avais-je demandé à Chou. « Il faut croire, oui. Je n'ai pas l'impression que le temps se soit arrêté pour nous », avait-il répondu en souriant.

Je suis sidérée qu'il soit si tard.

— Je pense qu'on est entre quelque chose de surréaliste et quelque chose de merdique, déclare Alice.

Et c'est sans doute la formulation la plus conforme à la réalité.

26.

Quand nous arrivons à l'entrée de Gracieuse, je lance à Jonah et Alice :

— J'arrive dans une seconde. Je veux juste écrire aux filles.

Un mensonge. Je m'assois sur le banc en bois sculpté et lève mon visage vers les derniers rayons du soleil.

— Waouh !

Jude apparaît et se laisse tomber à côté de moi. Il fouille dans sa poche et m'offre une cigarette.

— Dieu merci, dis-je.

Je ne fume pas vraiment, mais si le tabac n'était pas un passe-temps horriblement dangereux, je fumerais *beaucoup*. Jude allume ma cigarette et je tire une longue taffe délicieuse. Je pose aussitôt la tête sur mes genoux avec un sentiment de vertige.

— Tu es vraiment une petite chose, plaisante Jude.

La porte d'entrée de l'unité se rouvre. Un homme et une femme en pardessus en sortent. Elle fond en larmes. Il l'enveloppe de ses bras, puis, remarquant notre présence, s'excuse.

— On en est tous là, lui dis-je.

Toute personne est une personne, me dis-je bêtement, parce que mon cerveau est sur mode *gril.* Tandis qu'ils regagnent leur voiture, nous échangeons des « Bon courage » et des « Bonne chance ».

Nous sommes comme ce stupide ballon gonflé à l'hélium : *Bonne mort !*

— Vous devriez vous remettre ensemble, Chou et toi, me dit Jude de but en blanc.

Je m'abstiens de lui dire : *Je n'ai même pas réussi à le mettre dans mon lit.* Ou que mon mari m'a chanté : « Les regrets, j'en ai quelques-uns » et que je lui ai chanté en retour : « Mais trop peu pour m'y attarder. »

— Chou a une petite amie, dis-je.

— Allons, Ash. Tu as une centaine d'amants. Je veux parler de ce qu'il y a derrière.

— Je n'ai pas une *centaine* d'amants. Et comment le saurais-tu, d'abord ?

Il me sourit.

— On se connaît depuis longtemps, Ash. Tu es loin d'être aussi mystérieuse que tu l'imagines. Edi pense que tu couches avec Jonah.

— Aïe.

— Je crois qu'elle a d'autres chats à fouetter. Et elle n'a pas envie de te mettre mal à l'aise en t'en parlant.

— Merci de me le dire. Et tu imagines que je devrais en parler avec elle avant…

Avant *quoi* ?

— Enfin, rapidement ?

— Non. Ce sujet est clos, en ce qui la concerne.

Il m'allume une autre cigarette. La précédente m'a donné la nausée, mais je reste assise avec lui à fumer tandis que le ciel vire au bleu marine. Le silence s'éternise. *Quand penses-tu qu'elle va mourir ?* La question plane entre nous.

— Quand penses-tu qu'elle va mourir ?

C'est lui qui finit par la poser.

Je hausse les épaules.

— Ce soir ? Dans un an ?

— Si elle était un chien, à la voir manger la crème brûlée que Jonah lui a apportée, on pourrait croire *qu'elle tire encore du plaisir de la vie.*

— Tu veux dire qu'il ne faudrait pas l'*euthanasier* ?

Il rit.

— Ouais, quelque chose comme ça.

— Maman ?

Merde. Les filles. Je laisse tomber ma cigarette derrière le dossier du banc. Jude écrase la sienne sous son talon.

— Salut vous deux !

— Vous *fumez* ?

Belle a la même expression sévère que lorsqu'elle descendait dans la cuisine pendant la nuit, et nous découvrait, son père et moi, en train de vider le bocal de Jelly Beans que nous cachions dans le placard à balais. Le pire étant que nous les sélectionnions et laissions les moins bons. Elle n'avait que quatre ou cinq ans à l'époque, mais était impressionnante quand elle grondait : « Jules et moi on doit dormir et vous, vous mangez *tous* les bonbons ? »

— Pas du tout ! Tu sais que je ne fume pas.

Ses Doc Martens plantées dans la boue, Belle me fusille du regard, les mains sur les hanches. Je l'imagine bien jouer le sergent intransigeant au grand cœur dans un film.

— J'ai le regret de t'annoncer que ce que tu viens de faire s'appelle fumer, et donc que tu fumes.

— Tout doux, intervient Jules, ses joues roses encadrées par ses boucles noires légères. Et si on reprenait cette conversation plus tard ? Je suis de ton avis, Belle, mais tu as vu la tête de maman ?

L'expression de ma cadette s'adoucit aussitôt.

— Pardon, maman. On en parlera une autre fois.

— Attendez un peu, qu'est-ce qu'elle a, ma tête ?

Jules se penche pour me serrer dans ses bras, et chuchote *berk* en respirant l'odeur du tabac dans mes cheveux.

— Salut Jude ! Comment va Edi ? demande-t-elle à voix haute.

— Salut les filles. Elle dort beaucoup. Mais ça ne va pas aller de mieux en mieux, n'est-ce pas Ash ?

— Oui. Vous voulez lui dire bonjour ?

Elles veulent.

En notre absence, l'atmosphère de Gracieuse s'est alourdie. Une odeur de couches, d'huile rance, et d'autre chose d'indéfinissable (ma crasse peut-être ?) plane dans le couloir, et la salle à manger n'a pas été allumée. Beaucoup de portes sont fermées, et des sanglots étouffés en traversent plusieurs. De retour dans la chambre d'Edi, je remarque que la bougie parfumée au bois de santal est allumée. Cedar est assis sur le lit d'Edi avec sa guitare. Il chante un morceau de Joni Mitchell.

— Alerte Beau Gosse, souffle Belle à Jules, qui la tape avec son chapeau.

Perchés sur le rebord de la fenêtre, Jonah et Alice ont l'air de fantômes figurants d'un film de zombies.

— *Nous sommes de la poussière d'étoiles,* chante Cedar. Nous *sommes faits d'or.*

Sans aucun doute ! Juste un ciel d'étoiles vieilles de quarante milliards d'années qui ont fusionné, explosé, et se sont insinuées dans nos cellules par le biais des comètes, de Shakespeare, du chef Tecumseh et de tout ce qui a vécu et péri, puis s'est décomposé et est revenu à la vie. Et un jour, ainsi que toute chose en ce monde, prendra une autre forme. Il y aura des vers, de la terre, puis une plante, une graine peut-être, ou une miche de pain, un toast, ce dont sont faits nos os et notre chair. Et longtemps après, quand la terre explosera, peut-être qu'il ne restera plus de nous que de la matière noire. Enfin, je ne sais pas vraiment ce qu'est la matière noire. Belle, qui sait lire dans les pensées des autres, croise mon regard, secoue la tête et articule *dingue.*

À présent, Cedar chante une berceuse de James Taylor qu'Edi et moi adorions quand nous étions petites. « *Tu peux fermer les yeux, ne crains rien.* » Edi a l'air ailleurs. Perdue dans des pensées et submergée de sentiments auxquels nous n'avons pas accès. Sa bouche est ouverte, et elle respire bruyamment.

— Mon Dieu, dit Alice, on dirait qu'elle a du mal à respirer…

Personne ne répond.

— Merde, s'élève soudain la voix d'Edi. Je suis désolée.

Jude lui passe un bras consolateur autour des épaules.

La chambre paraît soudain surpeuplée.

— Belle, on devrait rentrer nourrir les chats, décide Jules, opportunément.

— Bonne idée, dis-je. Ils doivent être affamés. Vous êtes venues en voiture ?

— Non, à pied, répond Belle. Ça paraissait une bonne idée sur le moment.

— Prenez ma voiture, si vous voulez. Je rentrerai avec Jonah et Alice.

— Je peux vous raccompagner, propose Cedar. J'allais justement partir.

— Génial, merci ! s'exclame Jules, soudain enthousiaste.

Le jeune guitariste se penche sur la malade et lui prend gentiment la main.

— À bientôt, Edi. J'ai été honoré de chanter pour toi.

Il se redresse et s'écarte pour laisser la place à Belle et Jules qui se penchent à leur tour. Edi a toujours été leur *presque-tata*. La presque-tante qui leur a offert leurs casquettes de base-ball Brooklyn, leurs kits de gastronomie moléculaire, leurs bons cadeaux pour aller déguster des cupcakes dans les meilleures pâtisseries de New York. Edi a toujours été une présence aimante dans leur vie. Elles déposent des baisers sur son visage inexpressif et lui disent qu'elles l'aiment.

— Je sais qu'elle vous adore, les filles, leur répond Jude.

À nouveau, l'émotion remplit nos yeux de larmes. Mais qui a dit qu'il s'agissait d'adieux ? Pour autant que je le sache, Edi nous survivra peut-être !

Et néanmoins, je sens qu'il se passe quelque chose en Edi, moi aussi. La pièce vibre de cette aura étrange qui semble s'élever de son corps. Plus rien ne sera pareil, désormais.

27.

Mais je me trompe. Edi rouvre les yeux d'un coup. Elle se redresse et le rose lui revient aux joues.

— Où j'étais ? Quel jour est-on ? demande-t-elle.

Surprises, les infirmières envoient un message au Dr Soprano, qui ne tarde pas à apparaître. Il l'examine, puis nous regarde, sidéré.

— C'est incroyable ! Je ne décèle plus aucun signe de la maladie !

Nous rions et nous étreignons tous, fous de joie. Merveille des merveilles ! Miracle des miracles ! Peut-être que ça n'était pas le cancer, en fin de compte ? Peut-être que c'était une terrible méprise ? Chou m'embrasse fougueusement, puis nous aidons Edi à faire ses bagages et à lacer ses chaussures, et nous quittons tous Gracieuse en sifflotant.

Si M. Cancer avait vu autant de comédies romantiques que moi, il saurait que la scène suivante est celle du *renversement de situation*. Seulement M. Cancer ne regarde que des documentaires sinistres sur la guerre et la famine, ou des mélodrames.

M. Cancer a vu *Au fil de la vie* et *Tendres passions*, et n'a aucun goût pour la joie. De sorte qu'il n'y aura pas de coup de théâtre.

Chou nous a bien rejoints, mais il n'y a pas eu de réconciliation passionnée. Comme nous, il écoute la respiration rauque d'Edi et lâche un commentaire occasionnel. Le Dr Soprano aussi est passé, mais il n'a pas ausculté Edi : il s'est assis brièvement au bord de son lit, et a soulevé son menton d'un geste tendre pour la regarder dans les yeux.

— Elle part, nous a-t-il murmuré. C'est bien que vous soyez tous là. C'est tout ce dont elle a besoin.

Nous échangeons une accolade avec ce chic type, un à un. Le remercions, les larmes aux yeux, et lui offrons les dernières denrées d'Edi.

— Non, sans façon, dit-il.

Je ravale un sourire.

— Vous pensez qu'on pourrait grignoter quelque chose ? demande Jonah après son départ. C'est idiot mais j'ai un petit creux.

Je file à la cuisine et en rapporte du cheddar et des crackers. Farrah me suit dans la chambre. Elle renifle le lit, et file aussitôt sans demander son reste.

— Ça n'a rien de rassurant, commente Jude.

Effectivement.

— Quels ont été ses derniers mots ? demande Alice. Est-ce que l'un de vous le sait ?

— Dash, dit Jude. Juste *Dash*.

Comment raconter cette partie de l'histoire ? Nous faisons circuler le cheddar et les crackers, écoutant la respiration d'Edi. Puis je lui tamponne les lèvres d'un linge humide et lui essuie le visage, sans raison. Jonah et Jude lui tiennent une main chacun. Chou prend la mienne, et moi, celle d'Alice. Nous nous mettons à chanter « Hallelujah ». Il fait nuit noire, à présent. Seule la bougie parfumée nous éclaire. Nous chantons « The Long and Winding Road », puis nous relayons pour parler à Edi une dernière fois. Nous lui disons que nous savons qu'un long voyage l'attend, et qu'elle est libre de partir quand elle le devra, que nous prendrons bien soin de Dash. Nous sommes ivres d'amour et de chagrin à la fois. Nous chantons « Let It Be », et quand nous avons terminé, nous tendons l'oreille pour écouter le souffle d'Edi. Mais elle ne respire plus. Elle s'est envolée, tel un papillon invisible, ne laissant derrière elle que son enveloppe terrestre. Elle est partie. On aurait presque pu s'accrocher à ses ailes et partir avec elle.

Je pose la main sur sa poitrine, à l'endroit où son cœur devrait battre, et l'autre sur le mien, qui s'agite follement, éperdument.

28.

Bien plus tard, Jude nous retrouve à la maison. Nous sommes tendus et épuisés, aussi incapables de dormir que des gamins qui ont passé la journée à la fête foraine – si la fête foraine était un endroit où les gens allaient manger des glaces et mourir. Nous mangeons, buvons, rions, pleurons, inspirons et expirons, comme le font tous les vivants. Belle somnole contre moi, dans son pyjama une pièce rouge. Cedar est ici, perché sur un ottoman à côté de Jules, qui m'adresse un clin d'œil – parce que perdre une personne qu'on aime ne justifie pas qu'on se prive d'inviter un beau garçon chez soi, comme je suis bien placée pour le savoir.

Jude est effondré. Il nous raconte qu'après notre départ il a reçu un message de Dash qui demandait : *Est-ce que maman est morte ?* Il était deux heures du matin. Il avait rappelé son fils, et Dash avait absorbé la nouvelle en silence, avant d'expliquer à son père que sa maman l'avait réveillé et serré dans ses bras avant de partir.

— C'est dingue, dis-je.

— Oui.

— Elle s'est arrêtée pour voir son fils avant de partir. C'est magnifique, je trouve.

— Oui, moi aussi, je trouve ça magnifique.

— Putain. Edi est morte.

— Je sais.

Je commence seulement à comprendre qu'être sur le point de perdre et avoir perdu entraînent deux douleurs distinctes que l'on doit affronter individuellement, l'une après l'autre. C'est un peu comme après un accouchement difficile : vous vous dites presque *Oh ! Un bébé !* tant vous étiez concentrée sur vos contractions et votre devoir de pousser au bon moment. Dans le feu de l'action, vous oubliez presque le but de la manœuvre.

C'était si dur de regarder Edi mourir à petit feu. C'était un peu comme de creuser un trou, jour après jour. Et, d'une certaine manière, c'est un soulagement de pouvoir s'arrêter de creuser. Mais il reste un grand trou dont on ne sait pas quoi faire.

Ce qui ne vous empêche pas de faire du pain perdu ! C'est ce que semblent penser Chou et Belle, qui rapportent de la cuisine une montagne de tranches dorées et brillantes qu'ils font passer avec des assiettes à dessert et du sirop d'érable tout autour de la table basse. Chou nous tend également des suprêmes de pamplemousse délicieux, et je m'aperçois que c'était précisément ce dont j'avais besoin. Cedar, Jules et Jonah se mettent à chanter : « Hey Jude », et d'autres chansons qu'Edi aimait.

D'accord, j'ai compris, me dis-je. *La vie continue.* Il est aussi possible que je sois saoule.

Quand Alice remarque que le ciel est flamboyant, nous sommes repus et un brin somnolents, mais décidons de monter au sommet de la colline pour regarder le soleil se lever, striant l'horizon de bandes bleues, puis violettes, roses et orange. Nous chantons « Here Comes the Sun », en larmes, et je supplie tout le monde de rester ici pour toujours. Bientôt, nous reprenons le chemin de la maison pour aller nous coucher, et Chou rentre chez lui, me brisant un peu plus le cœur. Belle se pelotonne contre moi sur le canapé. Elle me demande :

— Serre mon bras comme pour prendre ma pression artérielle.

Mais s'endort avant que j'aie pu envelopper son biceps de ma main. Je la garde contre moi, incapable de trouver le sommeil. Nous sommes le 2 mars.

29.

C'est une chance que ma mère soit aussi mince qu'un cure-dents, parce que, dans le cas contraire, elle n'aurait jamais tenu sur la banquette arrière avec les trois géantes que nous sommes, Jules, Belle et moi, en comparaison. Mon père est assis à l'avant avec Chou, qui nous conduit à Brooklyn pour assister aux obsèques de ma meilleure amie qui est morte il y a deux jours. Et, comme toujours, mon père a une idée bien précise de l'itinéraire qu'il serait plus sage d'emprunter.

— Tu veux prendre la West Side Highway ? demande-t-il à mon mari. Mais elle est totalement bouchée. Il vaut mieux passer par la voie Franklin D. Roosevelt.

— Tu l'as déjà suggéré, papa, dis-je.

— Mon navigateur dit que papa suit l'itinéraire le plus rapide, papy, lance gentiment Jules, par-dessus l'épaule de sa sœur, assise sur ses genoux. Apparemment, ça ne circule pas sur la FDR.

— Je me moque de ton navigateur. Je dis juste que, quand on veut aller à Brooklyn, on prend la FDR.

— Oh, je t'en prie, papa !

Cela fait si longtemps que j'entends mon père imposer ses itinéraires que les mots « Il faut prendre par *Throgs Neck Bridge*[1] ! » résonnent toujours dans ma tête dans ces situations. Et la réponse de Jules, enfant : « Je ne savais pas que les grenouilles avaient un *cou.* » Et de Belle, lorsqu'il avait recommencé, un ou deux ans plus tard : « Attends, les grenouilles ont un *cou* ? »

Mon père jette l'éponge.

— OK, OK, pas la peine de paniquer. C'était juste pour qu'on ne soit pas en retard parce qu'on a pris un mauvais itinéraire.

— Hé, papy, intervient à nouveau Jules, d'un ton doux. Peut-être que tu pourrais te détendre un peu, toi aussi ? Je pense que maman est un peu stressée, là.

Mon père se retourne et je m'efforce de lui sourire, les joues ruisselantes de larmes.

— Oh, mon chou…

Il se tourne vers mon mari, et lance sa blague habituelle :

— Je ne parle pas de toi.

Et aussitôt :

— Tu sors au niveau de la Cinquante-Neuvième ?

— Abe ! gronde ma mère d'un ton sans appel.

Et cette seule syllabe suffit rétablir le calme dans la voiture – peut-être parce qu'elle est anglaise ?

---

1. Homophonie de *Throgs*, avec *frogs*, « grenouilles ». *Neck* signifie « cou » en français (*N.d.T.*).

— D'accord, d'accord. C'était juste par curiosité.

Mes deux filles géantes m'empêchent de la voir, mais je murmure néanmoins :

— Merci maman.

Je me souviens avoir jeté un œil à une carte de vœux sur la table de nuit de ma mère, à l'époque où Chou et moi nous parlions à peine. Elle était illustrée d'une belle photo des cerisiers en fleur de Central Park, il me semble, et j'avais reconnu l'écriture irrégulière de mon père à l'intérieur : *Joyeux 51ᴱ anniversaire de mariage, amour de ma vie*. Rien de plus. Pas de : *Je sais que cette année a été dure pour toi*... Ni de grands discours sur les liens sacrés du mariage, etc.

Mon père demande à ses petites-filles de lui rappeler les noms des gens qu'il s'apprête à voir.

— La fille d'Edi ? C'est bien une fille, n'est-ce pas ? Pardon mais c'est mon Alzheimer.

Il ne souffre pas d'Alzheimer.

— J'ai même un moyen mnémotechnique pour me rappeler de ma maladie : *Alsace mer*.

— Oh, mon Dieu, papy : un moyen mnémotechnique pour ne pas oublier le nom de la maladie de l'oubli ?

Il rit, content de sa blague.

J'essaie de relire l'éloge funèbre que j'ai écrit sans avoir la nausée. Je me demande s'il n'est pas trop bref, ou au contraire, trop long. Et il y a des passages qui auraient peut-être besoin d'être retravaillés.

— Ça va aller, maman, me dit mon aînée, le visage pressé contre la veste de sa sœur. Ce n'est pas comme si tu passais un test. Fais de ton mieux et ce sera magnifique.

— Merci, ma chérie, dis-je, faisant un énorme effort pour éviter le pathos, parce que cette enfant est un trésor national !

Chou nous dépose devant la synagogue avant d'aller se garer.

— Zut, on dirait qu'on est en avance, marmonne mon père.

Jonah, Alice, Jude et Dash attendent déjà sur le trottoir. J'aide ma mère à descendre de voiture avant de les rejoindre.

Mes chéris.

— Mes chéris ! Oh, mon garçon, dis-je, serrant Dash dans les bras et le soulevant du sol.

— Ash ! répond-il en riant.

Il est bien coiffé et porte une veste et une cravate avec… un short de football, et des Crocs roses tachées. Edi n'est décédée que depuis deux jours, et ça part déjà en sucette ? Quoique : peut-être pas. Peut-être que c'est la tenue parfaite pour ce moment.

Mes filles embrassent Dash, ma mère serre tout le monde dans ses bras avec un air compatissant, et mon père échange une poignée de main avec Jude et Jonah.

— C'est terrible. Terrible, dit-il.

Je pose la tête sur son épaule, sentant combien il se sent gêné d'être vieux et vivant.

On m'annonce que le père d'Edi et de Jonah est à l'intérieur, avec le rabbin.

Nous rentrons nous asseoir pour les laisser accueillir les autres invités. à l'intérieur

— Le premier rang, lance Jude dans mon dos. Même si on essaie de vous chasser.

Quelqu'un essaie effectivement, mais nous résistons. La cérémonie ne tarde pas à commencer. Une photo d'Edi apparaît sur un grand écran.

— Je n'ai jamais été très fan de cette coiffure particulière, chuchote mon père d'une voix un peu trop forte pour ne pas être entendue de tous.

Ma mère lui impose le silence.

La femme rabbin qui officie chante d'une voix chaude et profonde « You Must Believe in Spring », puis se décale sur le côté pour laisser la place à Dash. Il interprète alors un solo de trompette qui émeut l'assistance aux larmes. Puis Jonah s'avance pour lire une lettre hilarante qu'Edi lui a envoyée de colonie de vacances, quand ils étaient enfants. Elle contient essentiellement des doléances relatives aux latrines, aux insectes, et à la nourriture infecte.

C'est au tour de Jude de pendre le micro. Il commence par décrire le documentaire sur lequel Edi travaillait avant de tomber malade. Il porte pour titre provisoire, *Le Projet de l'écharpe inachevée*, mais nous avons fini par le rebaptiser, *Le Projet inachevé de l'écharpe inachevée.* Il en projette un extrait. On y voit une vieille femme voilée, originaire d'Afghanistan, assise sur un banc d'un parc de Brooklyn. Elle explique qu'un jour elle a songé à toutes les écharpes que les gens commençaient à tricoter, puis mettaient de côté et oubliaient. « Dans cette ville !

Il y a tellement d'écharpes inachevées ! disait-elle. Alors ma petite-fille m'a aidée à faire un… Google là-dessus. » Elle remonte ses lunettes sur son nez et sourit à la caméra. Donc à Edi. « Et à présent, nous récupérons ces écharpes et nous les finissons. On est tout un groupe de tricoteuses. Ensuite on les vend aux enchères, et avec l'argent récolté on aide nos jeunes sans-abri. » On entend la voix d'Edi questionner : « Combien d'argent avez-vous gagné à ce jour ? » La femme baisse la tête, modestement : « Vous n'allez pas y croire, mais un peu plus d'un million de dollars. » Le rire qui s'élève alors trahit un bonheur si pur que j'éclate en sanglots. *Edi !*

Jude me sourit du podium.

Quoi ?

— C'est à toi, Ash.

Oh !

Je pleure encore lorsque je prends le micro pour parler. Je ris, je pleure, je cherche mes mots.

— Eh bien, ça commence bien, dis-je, récoltant quelques sourires.

J'explique à ces gens qu'Edi savait très bien s'entourer, et marque une pause pour leur laisser le temps de rire. Je sais qu'Edi serait dingue si elle m'entendait, qu'elle ne voulait pas que son éloge funèbre ne parle que de moi, mais elle n'avait qu'à rester pour me surveiller. J'ajoute qu'elle savait bien choisir ses parents, son frère, son mari et son fils. Qu'elle était brillante, loyale, belle, et humble parfois. Qu'elle aimait écouter les gens. Qu'elle était rieuse, généreuse, mais exigeante aussi. Qu'elle attendait beaucoup de ses proches, et que nous essayions de nous montrer à la hauteur de ses attendes. Je cite les Beatles, qu'elle aimait tant : *And in the end, the love you take is equal to the love you make* – et à la fin, vous prenez autant d'amour que vous en donnez. « Elle en a donné et pris beaucoup », dis-je.

Puis, je me tourne vers Dash, parce que c'est surtout pour ça que je suis ici. Pour lui répéter ce que j'ai dit à sa mère, quand elle était anéantie à l'idée de ne plus pouvoir veiller sur son fils. Je lui explique qu'elle a chéri toutes ces années passées à le choyer et à le nourrir. Je lui raconte que, quand il était petit, elle passait un temps infini à couper des fruits en petits cubes minuscules pour qu'il ne s'étrangle pas. Des pêches, des prunes, des nectarines, des bananes, coupées en cubes d'un millimètre. Elle pouvait y passer son week-end, quand elle nous rendait visite. Parce que Dash adorait les fruits.

— Et elle adorait te nourrir. Alors peut-être qu'en plus de tes souvenirs, tu as ça en toi.

Je respire un peu pour me retenir de pleurer.

— Tout cet amour est en toi. Dans ton sang, dans tes os. Alors elle sera toujours avec toi, Dash. Même si elle va affreusement te manquer. Et nous aussi nous serons là.

Quand je retourne m'asseoir, Chou passe un bras derrière le dos de Belle pour poser une main rassurante sur mon épaule. Les filles m'enlacent, émues aux larmes.

Mon père me tend sa boîte d'Altoids à la menthe.

— Attention, me murmure-t-il de sa voix sonore. Il y a une pile de sonotone et du Valium là-dedans.

Une minute plus tard, je l'entends demander à Jules :

— C'est quoi, des Skittles ?

Belle pouffe à ma droite.

— Une drogue de jeunes, plaisante-t-elle.

Il se penche sur moi et me souffle :

— C'était magnifique.

Et il ne m'en faut pas plus. Je fonds à nouveau en larmes. J'ouvre la bouche pour parler, mais la menthe est si forte que je parviens juste à dire :

— Merci, papa.

30.

Nous n'allons pas au cimetière. Edi ne sera pas inhumée. C'est l'objet d'un contentieux. Elle voulait être incinérée et qu'on disperse ses cendres en trois parties : à Central Park, Prospect Park, et Coney Island. La partie juive traditionaliste de sa famille avait accepté un compromis : d'accord pour l'incinération, mais l'urne contenant ses cendres serait inhumée.

— C'est un peu du ni-ni, commente Jude, entre deux bouchées de bagel au corégone blanc.

Nous sommes tous réunis chez lui pour la première nuit de Shiv'ah.

— Mais, dans le fond, ça n'est pas si important.

Il est si fatigué que son visage ressemble à un masque émacié. S'il existait une sainte patronne de l'épuisement, je prierais pour nous deux.

Il reprend :

— Si Dash le souhaite, je volerai une ou deux poignées de cendre pour qu'il aille les disperser où il veut.

Puis, remarquant mon expression *et moi ?*, il ajoute :

— Et j'en volerai une pour toi aussi.

Je jette un œil à Dash, qui a piqué du nez sur les genoux de Jules. Elle est assise sur le canapé entre Belle et Cedar, « qui avait un truc à faire à New York, de toute façon ».

— Il faut poursuivre la tradition familiale, m'a chuchoté Belle, un peu plus tôt, faisant allusion à ma fâcheuse tendance à coucher avec le personnel de Gracieuse pour gérer mon chagrin.

Ma cadette brandit le tube noir en céramique posé sur la table basse, le colle contre son œil et le fait tourner lentement.

— Il est nul, ce kaléidoscope, déclare-t-elle.

Dash ouvre les yeux et pouffe.

— C'est un vase, Belle, dit-il d'une voix ensommeillée.

— Ouf, je me disais…

Je m'approche de Jude et lui confie que j'ai rêvé d'Edi, la nuit dernière.

— Mon Dieu, moi aussi. Raconte.

Dans mon rêve, elle était encore à Gracieuse. Elle se plaignait : « Tu n'es pas venue me voir depuis des jours ! », et je répondais : « Oh ! Je suis désolée. Je pensais que tu étais… euh… *que tu ne recevais plus de visiteurs.* »

Jude sourit. Je lui demande de me raconter le sien.

— Pareil, dit-il. Je fumais dans le jardin de Gracieuse quand elle est sortie du bâtiment. J'ai caché ma cigarette derrière mon dos et lancé : « Oh ! Salut ! Je ne m'attendais pas à te voir ! »

— On ne peut pas rêver d'elle sans avoir l'impression de la décevoir, on dirait.

— On dirait, oui.

À un moment, je monte à l'étage pour utiliser la salle de bains de Jude et Edi. Je suis sur le point de pulvériser un peu de son parfum en l'air, pour respirer son odeur, quand je remarque des photos encadrées sur le mur du fond de sa chambre. Je m'approche pour les regarder et j'entends un bruit étouffé qui semble s'élever des manteaux des invités, entassés sur le lit. Il y a quelqu'un enfoui là-dessous. Je me penche.

— Myron ?

Le père d'Edi me tend une main. Je m'assois et la prends dans la mienne.

— J'ai le cœur brisé, Ash.

Son ton est si semblable à celui de sa fille que je retiens mon souffle.

— Oh, Myron. Je sais. Je suis désolée pour vous. Votre fille était une personne merveilleuse…

— On aurait jamais dû…

Dû, quoi ? Avoir Edi ?

Je ne réponds pas. J'imagine son visage couvert de cœurs et de poussière d'étoiles. Ne vaut-il pas mieux avoir aimé, quitte à perdre l'objet de son affection ? Les personnes endeuillées vous répondront non. Et, pourtant, nous nous ruons tous sur l'amour comme des papillons vers une lumière incandescente. Nous nous gorgeons de tout l'amour possible, sans songer que ce gros cœur risque de nous suffoquer ou même d'exploser. J'aimerais tant être avec mes filles. Mais il faut que je reste ici avec Myron, que la douleur menace d'engloutir.

Je ne l'ai encore dit à personne, mais je me suis inscrite à une formation pour devenir infirmière. Ma candidature a été acceptée. J'ai demandé à la directrice de Gracieuse de me garder un emploi au chaud pour dans un an ou deux. Ce que j'ai compris, dernièrement, c'est que l'important n'est pas d'aider les gens qui savent le mieux demander de l'aide, l'important est d'aider tout court. Alors j'explique à Myron qu'il faut bien relier les numéros pour avoir la bonne image.

— Si vous ne vous laissez porter que par la douleur, l'image est brouillée. En réalité, il y a des étoiles qui brillent tout autour. Il y a le sourire de Edi, et Dash, et Jonah.

Sa main inerte dans la mienne, ses larmes gouttant sur les manteaux, Myron acquiesce. Et, de mon côté, je relie mes numéros et découvre une constellation qui forme le mot *Chou.* Le nom qui est tatoué sur mon cœur.

Jonah entre dans la chambre à cet instant.

— Je vais rester un peu avec lui, me dit-il, prenant ma place sur le lit.

Je ne me fais pas prier. Il faut que j'aille trouver mon mari.

Je le trouve dans l'escalier au moment où je m'apprête à descendre. Il me cherchait, lui aussi.

— Chou !

— Ash.

Nos regards se croisent.

— Ash… reviens vivre avec moi, s'il te plaît.

Toutes les cellules fusent dans la même direction, comme un banc de poissons vers le soleil, comme des particules de fer vers un aimant.

— Et Gemma ?

— Gemma m'a largué, dit-il d'un ton joyeux.

— Oh, quel dommage ? Pourquoi ?

— À ton avis ?

— Parce que ta seule résolution de nouvelle année était de faire des économies de fil dentaire ?

Il fait non de la tête.

— Parce que tu es amoureux de moi ?

Mon cœur bat la chamade.

— Parce que je suis amoureux de toi.

Il s'assoit sur une marche, m'attire sur ses genoux et m'embrasse dans le cou.

— C'est bête de se briser la nuque dans l'escalier après s'être réconciliés. Et Edi me tuerait si je mourais pendant sa Shiv'ah.

— Oh mon Dieu, maman… papa…

Belle nous fixe, ahurie, du bas de l'escalier.

— Voilà que tu t'envoies *papa*, maintenant ?

— Isabelle ! Je ne m'*envoie* pas ton père.

Elle sourit avec un air espiègle.

— Ash !

Allons bon. Ma mère, à présent.

— Je te cherchais.

Chou et moi nous levons maladroitement.

— Nous partons, ton père et moi.

— Je vais vous reconduire, décide Chou.

— Oh, non merci, mon chéri, nous prendrons le métro. Abe veut s'arrêter à la boulangerie où l'on trouve ces petits pains portugais qu'il adore. Ça ne le dérange pas du tout, les transports en commun, s'il peut s'acheter des bonnes choses à manger sur la route.

Je finis de descendre l'escalier et pose la tête sur son épaule.

— Je suis désolée, maman.

Je ne sais même pas pourquoi. D'être bizarre. D'être la personne la plus heureuse et triste à la fois qui ait jamais vécu.

— Ne le sois pas, chérie. La vie est compliquée. Et il n'y a aucune raison pour que la tienne le soit moins que celle des autres.

Elle dépose un baiser sur mon front. Puis elle m'attire contre elle, et je m'aperçois que je pleure. Chou a un bras passé autour des épaules de Belle. Il me coince une mèche derrière l'oreille de sa main libre. J'ai l'impression de me dérouler comme une pelote de laine. Ou de déborder, comme un verre oublié sous un robinet. Et la personne à qui je voudrais confier ce que je ressens, c'est Edi.

— Elle va tout *manquer* maintenant, dis-je, secouée de sanglots.

— Et elle va *te* manquer. Vous étiez si chanceuses de vous avoir l'une l'autre.

C'est vrai. Et ce n'est pas vrai. Je suis si fatiguée. Et curieusement, derrière cette fatigue, j'ai l'impression de m'éveiller d'un long sommeil.

31

Belle m'a menacée de me confectionner un tee-shirt imprimé : MA MEILLEURE AMIE EST MORTE ET TOUT CE QU'ELLE M'A LAISSÉ CE SONT CES BOTTES UGG STUPIDES. Mais Edi m'a laissé bien plus que ses bottes. Tellement plus.

Comme, notamment, ses robes, ses pantalons de yoga, un sweat à capuche Columbia, des pantalons de pyjama en flanelle, des tee-shirts (dont certains m'appartenaient comme le fameux tee-shirt SAUVEZ LES BALEINES), un tube de crème parfumée pour les mains, ses bijoux les plus précieux (dont l'assortiment de bracelets de cheville trop cool que je lui ai confectionnés au fil des années, armée de clochettes, de coquillages et d'un optimisme qui devait beaucoup au champagne que je sirotais en même temps).

— Vraiment, prenez tout ce que vous voulez. J'ai déjà mis quelques trucs de côté pour Dash, nous avait dit Jude, à Alice et moi, nous abandonnant devant le grand dressing imprégné de l'odeur d'Edi.

— Ça ne te fait pas tout drôle, avait demandé Alice, mal à l'aise.

— Non. Mais je comprends ce que tu veux dire.

Les filles avait déjà repris la route pour le Massachusetts avec Chou, afin que Jules reprenne ses cours à temps. Cedar avait proposé de me raccompagner le lendemain. Alice s'était éloignée vers la cuisine, en quête de restes du saumon fumé de la veille. Et je m'étais retrouvée seule, en culotte, dans le dressing d'Edi, à essayer ses vêtements et devenir le genre de personne qui pourrait vivre sans elle.

J'ai sorti sa robe de mariée, dont j'avais cousu les boutons *in extremis.* Le joli fourreau champagne qu'elle avait porté à mon mariage. J'avais demandé à la fleuriste de confectionner des petits bouquets de fleurs qui pourraient s'harmoniser avec nos deux robes. Ma mère, jardinière amatrice enthousiaste, avait suggéré des immortelles pour agrémenter le bouquet. Le fleuriste avait répondu : « Eh bien, nous avons les immortelles des dunes, les immortelles d'Italie, et les immortelles laineuses. Lesquelles préférez-vous ? » J'avais rétorqué que les immortelles des dunes me paraissaient trop évoquer le désert pour un mariage. « Les immortelles laineuses, dans ce cas ? » avait-il déduit, stoïque.

Sur l'une des photos de mon mariage, on nous voit, Edi et moi, nous écraser des parts de gâteau au visage sous le regard jeune et rieur de Chou. C'était lui qui s'était occupé du banquet : qui avait ficelé nos quinze rôtis de porc au romarin, cueilli et cuisiné la douzaine de livres de haricots verts, et caramélisé une quantité astronomique de pétales de violettes et de roses pour décorer les couches du gâteau au chocolat au glaçage satiné. Il avait passé le début de la cérémonie à s'excuser et disparaître – et avait même interrompu la marche nuptiale, provoquant un éclat de rire général – parce que les oignons avaient pris feu dans le four à pizza improvisé, et que son assistant faisait de grands gestes paniqués devant les flammes. Nous étions si jeunes. Le corps d'Edi était encore intact. Elle n'avait que cette petite cicatrice qu'elle s'était faite au menton, à l'école primaire, en tombant de la poutre pendant le cours de sport. N'avait connu que des blessures qui avaient guéri.

Je suis ressortie du dressing, chargée d'un énorme sac d'affaires d'Edi.

— Je suis désolée d'avoir si peu de vergogne, avais-je dit à Jude.

— Pas du tout. Porte-les dans la joie, Ash, avait-il répondu en me serrant dans ses bras.

Je suis assise à la table de ma cuisine avec un verre de vin rouge délicieux : l'une des bouteilles que nous n'avons pas pu boire avec Edi. J'écris des lettres de remerciements aux employés de Gracieuse. Derrière moi, Belle confectionne son fameux ragoût de haricots pintos qu'elle sert avec de la feta, de l'huile d'olive fruitée, de la coriandre, des avocats coupés en dés, des radis et des jalapeños au vinaigre. C'est un délice.

— J'ai besoin d'un mot, Belle !

— Scrotum !

Je lève les yeux, sidérée. Elle rétorque, candidement :

— Ben quoi ? Je t'ai donné un mot !

Tout (à l'exception de Belle) a changé depuis la mort d'Edi. J'ai l'impression d'avoir quitté Gracieuse en marchant à reculons, ce jour-là, et je ne me suis toujours pas tournée dans le bon sens. J'ai même l'impression que les meubles ont changé de place. Certes, Chou et Belle ont déplacé les canapés pour qu'il y ait davantage de place pour étaler des jeux de société devant le poêle à bois, mais il y a autre chose. L'énorme vide laissé par l'absence d'Edi. Comme la cavité laissée par une dent arrachée, dans laquelle vous ne cessez de glisser votre langue. Je range les idées et les expériences dans mon classeur mental portant l'étiquette Edi, pour lui en parler plus tard, puis, soudain, je réalise qu'elles devront y rester à jamais. Et c'est plus perturbant que ça devrait l'être.

Chou n'a pas encore réintégré la maison, mais ça ne tardera plus. Il a décidé de louer à Cedar le petit appartement qu'il occupe au-dessus du dispensaire. Pour le moment, c'est comme si nous retombions amoureux. Ou peut-être que nous *tombons* amoureux. Je l'embrasse à la porte tous les soirs quand il rentre, et tous les matins quand il repart. Je m'enivre de son odeur et gémis entre ses bras avant de m'endormir. Les filles sont au comble de la joie, et un peu en colère aussi, qu'il ait fallu qu'on leur impose cette séparation. Je pense que Chou partage cet avis.

Je commence ma lettre au Dr Soprano par : « Tu as été plus qu'un médecin pour nous. » Non. On dirait un gag à la *Benny Hill*. J'ai ressenti la même gêne en écrivant à Jen Norman : « Tu as fait bien plus que ton devoir. » Mon petit conseil en matière d'étiquette pour écrire une lettre de remerciements correcte : *Évitez de coucher avec son destinataire.*

Belle regarde le tas de cartes déchirées, les yeux agrandis de surprise, puis remarque les timbres sur les enveloppes et éclate de rire. C'est la série « Les méchants de Disney » : Cruella de Vil, Jafar, Maléfique.

— Viens te promener avec moi, maman, me propose-t-elle. Papa ne rentrera pas avant une heure et les haricots peuvent mijoter encore un peu.

Il fait si doux dehors. Je fais remarquer à Belle que la terre mouillée par la légère bruine sent l'été.

— Il y a un mot savant pour la décrire, me répond-elle. *Pétrichor*. Ce serait un bon nom pour une marque, d'ailleurs.

Les boutons des cornus sont bien gros, la prairie verdit, le printemps est là.

Les poches de ma veste sont pleines de listes. Je les tâte du bout des doigts. Ce sont des traces des derniers petits plaisirs d'Edi : pastèque, glace italienne, chocolat au sel marin, baume pour les lèvres, couches maxi absorbantes, champagne, salade d'œufs durs. Des preuves de ses désirs, de son existence. Je n'arrive pas à me résoudre à les jeter, alors pour le moment, elles restent là, dans mes poches. Peut-être qu'elles seront encore là, à l'automne, quand je remettrai cette veste. Mais ce n'est pas un problème, n'est-ce pas ?

Belle court devant moi pour inspecter une souche d'arbre au bord de la prairie.

— Des pleurotes ! hurle-t-elle, ravie.

Ils sont orange vif et comestibles. Elle en détache un énorme tas et revient en courant. J'écarte les bras, instinctivement, pour la recevoir comme lorsqu'elle était petite. Toute mon histoire avec mes filles se télescope dans cette séquence. Elles partent et reviennent en courant. Je voudrais lui crier : *Envole-toi, sois libre !* Et en même temps : *Ne me quitte pas !* À bien y réfléchir, c'est ce que j'ai envie de dire à toutes les personnes que j'aime.

— Quelle trouvaille magnifique ! lui-dis-je.

— N'est-ce pas !

Elle coince le tas de champignons sous son bras et nous rentrons main dans la main. Elle va émincer ces champignons, les faire revenir dans du beurre, et les servir avec les haricots. Son père se joindra à nous pour déguster ce repas de rois, puis il me rejoindra dans notre lit, où nous chuchoterons et rirons. Où nous nous unirons et nous séparerons. Où il me chantera gentiment la chanson de Tevye et Golde, « Do You Love Me ? » pendant que je pleurerai de tristesse pour ce que j'ai perdu, de joie pour ce que j'ai conservé, par miracle. Et où je m'endormirai dans ses bras.

La nuit dernière, j'ai rêvé qu'Edi rendait visite à tout le monde sauf à moi. Jude, Dash, Jonah et Alice se lançaient des « Tu l'as vue ? » et des « Moi aussi ! ». Et j'étais la seule qui n'avait pas eu cette chance. Je m'en plaignais à Laura, la chapelaine de Gracieuse. « Peut-être que vous n'essayez pas assez fort », me suggérait-elle. Et, soudain, une voix s'élevait : « Hé ! Elle fait de son mieux ! » Et Edi apparaissait, d'une pâleur opalescente, mais souriante. « Tu t'en sors à merveille, Ash, tu es formidable », me rassurait-elle. Puis, déposant un baiser sur ma joue, elle ajoutait : « Tu fais absolument ce qu'il faut », et disparaissait une fois de plus. Et ça ne serait pas toujours vrai, mais, à ce moment-là, au moins, ça l'était.

Remerciements

À mon adorable éditrice, Sara Nelson, qui m'a soutenue dès le début et m'a accompagnée jusqu'à la fin. Travailler avec elle a été un rêve merveilleux (je n'ai jamais fait de rêve merveilleux, mais j'imagine que ça ressemblerait à ça). À mon agente, fidèle et patiente, Jennifer Gate ; ma lectrice, mon avocate, ma confidente, qui a trouvé ce joli titre (évidemment). Aux gens d'Aevitas pour leur soutien, et tout particulièrement à Erin Files, Allison Warren et Shenel Ekici-Moling. Ma reconnaissance aux gens de Harper, et notamment à Joanne O'Neill, qui a fait appel à Lauren Peters-Collaer pour créer la couverture idéale pour ce livre, à Mary Gaule, capable de résoudre tous les problèmes sans effort apparent, Alicia Gencarelli et Edie Astley qui ont veillé à ce que tout suive son petit bonhomme de chemin, et à Maya Baran et les gourous du marketing qui ont permis à la magie d'opérer. Merci à vous, chers bibliothécaires et libraires, de mettre les livres dans les mains des lecteurs.

Et aux véritables héros, mes chers David et Simone Van Taylor, Jesse et Nate Pomeroy, Jeremy et Jordana Pomeroy, Sarah et le si regretté grand Lee Pomeroy. Amanda Gronich et Eve-Laure Ortega. Amy Rosenthal. Dans la pire des situations imaginables, les meilleures personnes imaginables.

Les soins palliatifs sont des lieux incroyables. Les meilleurs (ha ha ha). Sérieusement ! Au personnel et aux formidables résidents de Menorah, où Ali est morte, et de la Fisher Home, où j'ai cuisiné les dîners du lundi, dont le courage, la compassion, l'humour redoutable, et l'humanité à fleur de peau m'ont tant inspirée. Aux médecins, aux infirmières et aux volontaires à la dévotion farouche qui nous maintiennent en vie, puis nous aident à mourir, avec la plus grande des grâces.

Dans la vrai vie, les « amis locaux » ont été (et demeurent) tellement plus que de simples figurants. À Emily Bloch, Nicole Blum, Ava Blum-Carr, Lee Bowie, Pengyew Chin, Dan Costello, Sarah Dolven, Khalid Elkalai, Chris Felton, Judy Frank, Viveca Greene, Daniel Hall, Jagu Jagannathan, Jill Kaufman, Becky Michaels, Meredith Michaels, Colleen Osten, Chris Perry, Lydia Peterson, Brittany Shahmehri, et Kathleen Traphagen. Merci de m'avoir laissée pleurer sur vos épaules, nourrie, aimée, écoutée. Et merci d'avoir chanté avec moi durant cette longue saison qui m'a brisé le cœur.

Merci à Maddie DelVicario et Corn Walker de m'avoir entraînée dans des soirées, telle cette fameuse soupe party, durant le long et rigoureux hiver de pandémie où j'ai écrit ce livre. Au club de jogging d'Amherst Tire, auquel j'étais toujours impatiente de me joindre. À Lydia Elison qui m'a aidée à ne pas perdre la tête (a essayé, au moins), et à Jennifer Rosner pour avoir entretenu ma bonne humeur.

À la confiance que m'a toujours témoignée la tribu haute en couleur constituée d'Andrew Coburn, Kelly Close, Judy Haas, Ann Hallock, Sam Marion, Rebecca Morgan, Anna Paganelli, et Emily Todd. Aux fidèles lectrices de mes précédents ouvrages (*Bringing up Ben* et *Birdy Days*). Vous êtes franchement incroyables !

Aux gens qui m'ont fourni un travail pour que je puisse écrire tant par amour que pour gagner ma vie, notamment Sally Sampson, et les gens de Real Simple (dont Liz Vaccariello, Anna Maltby, Kristin van Ogtrop, Rory Evans, Noel Howey, et Elizabeth Passarella), de la diaTribe Foundation, et du Centre d'écriture créative d'Amherst College – parmi bien d'autres éditeurs et clients qui ont rendu ce livre possible. Merci à vous, Roberta Zeff, Lindsey Mead, Jennifer Niesslein, Amanda Fields, et Rachel Moritz, d'avoir commandé les divers essais (étranges) qui m'ont (étrangement) donné l'idée que je pourrais écrire sur ce sujet.

Merci aux amis (et à ma fille) qui m'ont aidée à résoudre toutes sortes de petits problèmes liés à l'écriture, et notamment à KJ Dell'Antonia, Jess Lahey, au groupe Facebook #AmWriting (qui m'a enseigné qu'on n'était jamais trop vieille pour faire un tableau avec des Post-it), à Amity Gaige, Katherine Center, Cammie McGovern, Birdy Newman, Sabrina Callahan, et l'hilarante, l'incisive, l'aimable Laura Tisdel. *All My Puny Sorrows* est le livre le plus triste/gai de tous les livres tristes/gais, et je suis reconnaissante à mon idole, Miriam Toews, de l'avoir écrit.

Je n'ai pas les mots pour dire ma reconnaissance à mes parents, Ted et Jennifer Newman, dont l'amour inconditionnel qu'ils me témoignent sans cesse m'a appris à aimer et me montrer aussi résiliente qu'ils le sont. À mes précieux frère et belle-sœur Robert Newman et Alba Vilajeliu, et à mes neveux merveilleux et hilarants, Sam, Lucas, et Andreu. À Larry Millner, le meilleur des beaux-pères qu'on puisse imaginer.

À Snapper Cat, Jellyfish, et au (tant regretté) Craney Crow, qui nous réconfortent tellement avec leurs ronronnements incessants.

Et par-dessus tout : à Michael, Ben et Birdy. Merci de partager mes joies et mes peines, et merci de rire de moi quand je suis un monstre de bizarrerie. Vous êtes les personnes les plus drôles, aimantes et généreuses que je connaisse, je vous aime plus que tout et vous dois les meilleures répliques de ce livre – comme vous le savez.

Ali Pomeroy, où que tu sois. Reviens vers moi.

Ce livre existe grâce au travail de toute une équipe.

Communication : Caroline Babulle, Solveig de Plunkett, Victoire Brulon, Inès Paulin, Adélaïde Yvert.

Coordination administrative : Martine Rivierre.

Studio : Pascaline Bressan, Barbara Cassouto-Lhenry, Joël Renaudat.

Fabrication : Muriel Le Ménez, Céline Ducournau, Bernadette Cristini, Sophia Paroussoglou, Isabelle Goulhot.

Commercial, relation libraires et marketing : Catherine Lauprêtre, Naïma Ruan, Anne-Laure Heugel, Élise Iwasinta, Armand Jamme, Julie Audouard, Joséphine Saint-Paul, Aurélie Scart.

Cessions de droits : Elisabeth Stempak, Benita Edzard, Lucile Besse, Sonia Guerreiro, Costanza Corri.

Gestion : Sophie Veisseyre, Isabelle Déxès.

Services auteurs : Viviane Ouadenni, Jean-François Rechtman, Catherine Reimbold, Anita Sevenant.

Ainsi qu'à toutes les équipes d'Interforum et d'Editis qui participent à la création, la diffusion et la distribution de ce livre.

Canoros Vehit Canentes

Composition et mise en pages
par Facompo Lisieux

#lisez! engagé

www.lisez.com

Pour plus d'information :

Imprimé sur du papier issu de forêts gérées durablement.

Imprimé en France par
CPI Firmin-Didot
en février 2025

N° d'édition : 68108/01 – N° d'impression : 182419